Willy Brandt
Lachen hilft

SERIE PIPER

Zu diesem Buch

Willy Brandt hielt gerne schriftlich fest, was ihm an politischen Witzen begegnete – ob auf den Speisekarten eines Staatsbanketts, auf Notizzetteln oder auf Schnipseln, die er aus Büchern herausriß. Immer war er auf der Suche nach neuen, befragte seine Gesprächspartner und erprobte ihre Wirkung, indem er sie weitererzählte. Auch plante er selbst noch eine Veröffentlichung und entwarf eine Gliederung an seinem eigenen politischen Leben entlang: Witze zur Exilzeit, zu Krieg und Nationalsozialismus, zur SPD, zu Bundesrepublik und DDR, zur Weltpolitik zwischen den großen Blöcken. Seine Witwe Brigitte Seebacher-Brandt hat die Sammlung gesichtet und die besten Witze ausgewählt, unter dem Motto, das Willy Brandt selbst vorgegeben hatte: Was immer auch passiert, welch seltsame Dinge einem im Leben begegnen – lachen hilft!

Willy Brandt, geboren 1913 in Lübeck, gestorben 1992 in Unkel, lebte während der Zeit des Nationalsozialismus im Exil, war danach Regierender Bürgermeister von Berlin, SPD-Vorsitzender und Bundeskanzler, später Präsident der Sozialistischen Internationale. Er gilt als einer der bedeutendsten deutschen Politiker des 20. Jahrhunderts.
Brigitte Seebacher-Brandt ist promovierte Historikerin. Von ihr liegen außerdem eine Biographie über August Bebel sowie »Die Linke und die Einheit« vor.

Willy Brandt
Lachen hilft

Politische Witze

Herausgegeben von
Brigitte Seebacher-Brandt

Piper München Zürich

Ungekürzte Taschenbuchausgabe
Oktober 2002

Umschlag/Bildredaktion: Büro Hamburg
Isabel Bünermann, Julia Martinez/
Charlotte Wippermann, Katharina Oesten
Umschlagfoto: Karl-Bernd Karwasz
Satz: Kösel, Kempten
Druck und Bindung: Clausen & Bosse, Leck
Printed in Germany ISBN 3-492-23698-7

www.piper.de

Inhalt

Lachen hilft

Vorwort: Lachen und lachen lassen

I: Lächelnd in die Katastrophe?

1) Am Abgrund

? 2) OW/NS

3) Wettrüsten

4) Relativität

inkl. Vergleiche ~~[illegible]~~ (14)

Diamat 9 b ?

Soz. Real. 25 a

1. Progr.

5) Nur anders herum

~~Arnim~~ Marx 9 a

? Diamat

Wo?

6) Gott u. die Welt

Pfarrer

Kosmonauten

II: Mein (überwiegend) heiterer Gang durch 6 Jahrz.

---

7) Lübeck
Weimar
AB
  Soz/Komm.

8) 3. Reich (Gr. Witz [illegible])
Berlin 36
allg.

9) Exil
allg.
Skandin.
Psychoan.
jüd. Witz

9a) d. VN etc.

10) Krieg < Span.
N, Schweden
die Grossen
Unwirkliche
der Gasthof, vgl. (2)
a) Dtd im Krieg

Vorwort

In seiner häuslichen Bibliothek hatte Willy Brandt viele Fächer und ein Fach – das der Witzebücher und Witzeblätter. Blätter? Ja, auch die. Überwiegend aber handelte es sich um Schnipsel, ausgeschnittene Drucksachen und handbeschriebene Zettel aller Art. Es konnten auch schon mal Speisekarten sein, wenn er beim Essen einen neuen Witz gehört hatte. Manches ist, Gott sei's geklagt, nur in Stichworten festgehalten und nicht mehr zu enträtseln; ihm waren sie Anhaltspunkt genug, um die Geschichte später auszuführen. Es handelte sich ja nicht um Witze in landläufigem Sinne, solche, die auch er ohne Ende erzählen konnte, sondern um kleine Geschichten und witzige Weisheiten.

Der Spaß des Notierens, des Schneidens und immer neuen Sortierens wäre nur halb so groß gewesen, hätte er damit nicht die ernste Absicht der Publikation verbunden. Der Gedanke, mit einem eigenen Witzebuch herauszukommen, begleitete und beflügelte ihn über viele, viele Jahre. Inmitten der Achtziger schrieb er eine Gliederung auf, nach der dann zu ordnen sein würde, er entwarf eine Skizze für's Vorwort, fand einen Titel: »Lachen hilft« und einen Untertitel: »Mein (überwiegend) heiterer Gang durch sechs Jahrzehnte«. Damit war mehr als nur der biographische Bezug hergestellt. Er wollte ausgedrückt wissen, wie man im Kern unversehrt durch ein solches Leben kommt – durch jene innere Distanz, die Voraussetzung ist für die Gabe des Lachens.

Den Zeitpunkt der Veröffentlichung behielt er sich vor. Soll ich mich wirklich und unwiderruflich verpflichten? Ach nein, doch wohl besser nicht. Noch nicht. Nicht solange ich Ämter habe. Die Leute, so pflegte er dann regelmäßig zu ulken, würden die Sache falsch verstehen und womöglich meinen, dem Alten sei der nötige Ernst abhanden gekommen. In der Politik, so konnte man ihn ja auch sonst sagen hören, sei die Fähigkeit zur Ironie, gar zur Selbstironie nicht eben ausgeprägt.

Als er den Parteivorsitz abgegeben hatte und die Zeit gekommen schien, nun ja, da wurde seine Aufmerksamkeit nach und nach und bald immer schneller anderweitig in Anspruch genommen. Nicht, daß er aufgehört hätte, im Witzefach zu wühlen, nein. Bis zuletzt hantierte er mit den Blättern herum. Aber daß er aktiv hinarbeite auf die Fertigstellung, das sagte er gerade nun nicht mehr.

Vielleicht war ja mit dem 89er Umbruch die Zeit des politischen Witzes vorbei. Die Gegensätze von Gut und Böse verloren sich, und überhaupt hat, wo das Bild seine Allmacht entfaltet und das Wort seine Bedeutung einbüßt, der Witz, der politische Witz, ausgedient. Auch das heutige Israel ist, wie Salcia Landmann festgestellt hat, so witzlos wie die Bibel. Warum? Weil nicht zuletzt der jüdische Witz von der Waffe der Unterdrückten gelebt hat.

Doch über diese und andere Einsichten hat sich Willy Brandt Gedanken nicht mehr machen müssen. Ohnehin wäre er ganz und gar dagegen gewesen, äußere Umstände und tiefere Gründe zu bemühen. Daß er das Buch nicht mehr selbst herausbrachte und sein Vorwort gegen alle Gewohnheit ein Torso blieb, hatte in Wahrheit nur damit zu tun, daß er das Vorhaben nicht missen mochte. »Lachen hilft« war eben nicht nur der Titel eines Buches, sondern zugleich eine Lebensmaxime, die nicht abgehakt, und ein Lebenselixier, das nicht geleert werden durfte.

Im Hinblick auf das Vorwort sammelte er auch kleine Abhandlungen, »Witzologien«, die mit dicken Strichen und Ausrufezeichen versehen wurden. Er fand eben auch, daß der Witz die Waffe der Besiegten sei und in der Diktatur andere Formen habe als in friedlichen Zeiten; daß der Witz sich über Generationen hinweg tradiere, oft mit wechselndem Personal; daß der Witz niemandem gehöre. Was in Nazideutschland schon gestochen hatte, hörte sich auch über die Sowjetunion gut an, in der Bundesrepublik dann allerdings nicht mehr. Auch in seiner eigenen Kollektion finden sich manche Witze in mehrfacher Ausführung, die sogenannten Wanderwitze. Die Hauptsache: Der Witz ist gut. Daß ein Kommentar den Witz kaputt mache, hat Willy Brandt oft hervorgehoben. Seine Vorwortskizze ließ er nicht ohne Grund mit einem solchen Hinweis beginnen: »Jeder Versuch, Humor zu analysieren, kann tödlich enden. Auf einen solchen Versuch will ich mich gar nicht erst einlassen. Witze werden auch nicht dadurch besser, daß man sie erklärt oder mit Gebrauchsanweisungen versieht.« Der Gefahr suchte er zu entgehen, indem er Sprüche festhielt, die er sich zu eigen machte:

- Es genügt nicht nur, keine Gedanken zu haben, man muß auch unfähig sein, sie auszudrücken. *(Karl Kraus)*
- Man wird geboren als Brandstifter, und man stirbt als Feuerwehrmann. *(Luciano di Crescenzo)*
- Man müßte ein vernünftiger Don Quichotte sein. *(Paul Valéry)*
- He who keeps his eyes on the ground will never reach the far horizon. *(Unbekannt 1979)* Doch ist es gefährlich, mit dem Kopf in den Wolken durch ein Minenfeld zu kommen. *(Unbekannt 1979)*
- Wenn der Baum gefallen ist, stürmen alle herbei, um die Zweige vollends abzuschlagen. Guter und schlechter Ruf hängen von der letzten

[kann nicht entfallen

Witz wird durch Kommentar getötet

~~Jeder~~ Versuch, Humor zu analysieren, kann tödlich enden. ~~Ich will mich nicht auf~~ ~~auf~~ einen solchen Versuch will ich mich gar nicht erst einlassen. Witze werden auch nicht dadurch besser, daß man sie erklärt oder mit Gebrauchsanweisungen versieht.

Ich will es mit drei Leitsätzen genug sein lassen ✗.

✗ Es genügt nicht nur, keine Gedanken zu haben, man muß auch unfähig sein, sie auszudrücken: Dieser Satz stammt von dem Wiener Karl Kraus, den manche für den genialsten Nörgler der Vorkriegszeit hielten; sein Todestag jährte sich im Juni 1986 zum 50. Mal.

Aus der Unterhaltung zweier Intellektueller:

– Was schreiben Sie so?
– Ich schreibe nur ab und zu!
– Ach, auch zu?

Frei nach Kurt Tucholsky (1931): Ein Leser hat's gut; er kann sich seine Büchermacher aussuchen.

Periode des Lebens ab. Gutes und Böses gehen auf die Nachwelt über. Ihrer Bosheit halber glauben die Menschen aber eher an dieses als an jenes. (*Richelieu über Wallenstein*)

- Lustig ist etwas, wenn es – ohne gleich widerwärtig oder entsetzlich zu sein – die bestehende Ordnung umwirft. Wenn man Humor kurz illustrieren müßte, dann vielleicht als Würde, die sich auf einen Reißnagel setzt. Was immer die Würde unterminiert und die Mächtigen von ihren Stühlen holt, vorzugsweise mit einem Plumps, ist lustig. Und je größer der Fall, desto größer der Spaß. *(George Orwell)*
- Nicht die Jahre in unserem Leben zählen, sondern das Leben in unseren Jahren. *(Robert Louis Stevenson)*

Anläßlich eines Literatentreffens merkte Christoph Hein einmal an, daß sich sein Freund Heiner Müller der Nachwelt als der große Melancholiker eingeprägt habe, immer ernst, in sich gekehrt, nie heiter und gelassen, geschweige denn witzig. Dieses Bild habe sich festgesetzt. Bald werde keiner mehr erzählen können – von Heiners Witzen und der Art, in der er sie zum Besten gegeben hat. Auch von Willys Witzen wird bald keiner mehr erzählen können. Aber der hat ja immerhin welche aufgeschrieben! Vielleicht hat er ja auch geahnt, in welch düstere Gewänder er gesteckt werden würde und dagegen schon mal vorsorglichen Protest eingelegt!

Der Sinn für die Ambivalenzen und die Brüche einer Persönlichkeit ist uns abhanden gekommen. Was fällt heute in Deutschland nicht alles unter den Ausschließlichkeitsanspruch! Das Erbe Willy Brandts aber ist ja gerade eines der ewigen Doppelheit. Demut und Stolz, Kniefall und erhobenes Haupt, Machtnähe und Machtdistanz, Melancholie und Fröhlichkeit hat er nie voneinander trennen wollen. Wie armselig sind dagegen Filme, die sein Leben in die einzige Perspektive des Kanzlerrücktritts zwingen, Stelen, die ihn zum Ritter von trauriger Gestalt stilisieren, und Statuen, die in tausend Falten und Furchen vergraben, was sein Charisma ausgemacht hat! Sei's drum. So wenig der Witz einen Kommentar verträgt, so wenig verleiht das Witzebuch eine Deutungshoheit. Es ist nun wirklich kein Beweis. Aber vielleicht ist es ein Wink?

Meine Freundin Gertrud Lenz vom Willy-Brandt-Archiv in der Friedrich-Ebert-Stiftung hat geholfen, den Papierberg mit viel Mühe zu ordnen. Auch für vergnügliche Gespräche bei Entzifferung und Auswahl sowie bei Erstellung des Glossars danke ich ihr. Möge sich der Spaß, den Willy Brandt gehabt hat, als er an das fertige Buch dachte, der geneigten Leserschaft mitteilen.

Brigitte Seebacher-Brandt

Am Abgrund ...

Weimar

Der Sekretär berichtet dem Reichspräsidenten Hindenburg: Der Dollar ist gesunken! – Und die brave Mannschaft? Gerettet?

Der Reichspräsident hält eine Rede über die Verkommenheit der Jugend. Es wird souffliert: Nächtelang treiben sie sich in Bars herum. – Hindenburg: Nächtelang treiben sie sich in Bars herum. – Souffleuse: ... und auf Bällen. – Hindenburg: Wie? – Souffleuse: Und auf Bällen. Bällen. – Hindenburg: Wau. Wau.

Ein junger Banker, zum ersten Mal in der Börse, fragt den Bankier Fürstenberg nach der Toilette. – Ach, da bleiben Sie ruhig im Saal. Hier bescheißt sowieso jeder jeden.

Reichsbankchef Hjalmar Schacht trifft den Bankier Fürstenberg auf der Treppe der Börse und begrüßt ihn herzlich: Wie steht's? Wollen wir nicht zusammen fahren? – Herr Schacht, wenn ich Sie sehe, fahre ich immer zusammen.

Kaum hat der neue Reichskanzler das Präsidialamt verlassen, fragt Hindenburg seinen Staatssekretär: Sagen Sie mal, Meißner, früher war doch immer so'n netter junger Mann mit Brille Reichskanzler? – Sie meinen Brüning, Herr Reichspräsident? – Richtig. Warum kommt denn der nicht mehr?

Hindenburg nach dem SA-Marsch des 30. Januar 1933: Ich wußte gar nicht, daß wir so viele russische Gefangene gemacht haben.

... und einen Schritt weiter

Nationalsozialismus und Krieg

Es wird heimlich aufgerüstet. In einer Fabrik für Kinderwagen gesteht ein Arbeiter: Jeden Abend habe ich ein Teil mitgenommen, um meiner Frau einen Kinderwagen zu verschaffen. Aber wie ich die Teile auch zusammensetze, es wird immer wieder ein Maschinengewehr draus.

In London geht ein Brief aus Deutschland ein: Hitler führt uns einer besseren Zukunft entgegen. Uns geht es gut. Rudi hat das Gegenteil behauptet. Er wird morgen beerdigt.

Moische wird zum Hafen gebracht. Er muß weg. In seinem Gepäck entdecken die Freunde ein prächtiges Porträt von Adolf Hitler und gucken ihn verstört an: Was soll das? – Damit ich gegen Heimweh geschützt bin.

In Berlin wird das sexuelle Verhalten des Führers erörtert. Warum hält Hitler, wenn er die

Truppenparade abnimmt, beide Hände vor den Unterleib? – Um den letzten Arbeitslosen des Reiches zu schützen. (1936)

Nach dem Sieg über Frankreich steht Hitler an der Kanalküste und schaut sehnsüchtig zum Kreidefelsen von Dover hinüber: Wie komme ich da nur hin? – Keiner weiß Rat. Bis auf einen. Der überlegt laut, wie die Juden durchs Rote Meer gekommen sind: Moses hat das Wasser geteilt. – Hitler läßt Himmler kommen und schnauzt ihn an: Her mit dem Mann! Sofort werden sämtliche KZs durchkämmt. Moses wird gefunden und zu Hitler gebracht: Wie hast du das Rote Meer geteilt? – Mit einem Stab. – Her damit! Wo ist der Stab? – Im Britischen Nationalmuseum in London.

Graf Bobby und sein Freund Mucki stehen vor einer großen Weltkarte. Mucki deutet die verschiedenen Farben auf der Karte: Guck, diese riesige rote Fläche, das ist Rußland. – Und was ist mit diesen vielen, vielen grünen Flecken? – Das ist das Britische Weltreich. – Und Groß-Deutschland? – Sieh doch, hier. – Was, dies kleine braune Fleckchen? – Aber ja. – Na, ob das der Führer weiß? (1942)

Graf Bobby wird verhaftet und nur unter der Bedingung freigelassen, daß er sich für die Gestapo verpflichtet. Tags darauf trifft er seinen Freund Hans und fragt: Wie denkst du über das Dritte Reich? – Komische Frage. Genauso wie du. – Dann muß ich dich leider verhaften. (1943)

In der Schule wird das Thema Kriegsschuld behandelt. Der kleine Fritz schreibt in seinem Aufsatz: Den uns aufgezwungenen Krieg hätten wir nicht anfangen dürfen.

Adolf geht heimlich in die Kirche und betet für den Endsieg. Er kniet vor dem Heiland und bittet um ein Zeichen. Der Heiland aber bleibt stumm. Da betet er von neuem. Und siehe da. Ihm scheint, als öffne der Heiland oben am Kreuz die Augen. Inbrünstig ruft der kleine Adolf: Ein Zeichen, lieber Heiland. Ein Zeichen. – Da ertönt eine Stimme von oben: Zieh' mir den Nagel aus den Füßen und dreh' dich rum, damit ich dir den Tritt versetzen kann. Den verdienst du nämlich. (1942/43)

Zwei Römer unterhalten sich im Café. Haben Sie gehört, Signor Martino, der Heilige Vater betet zu Gott, daß er dem Duce die Augen öffne! – Was jetzt? Wo doch alle beten, daß er sie ihm endlich schließt?

Zwei Häftlinge erfahren vom 20. Juli. Ein Arbeitskommando kehrt vom Arbeitseinsatz zurück: Gibt's Neues? – Eine gute und eine schlechte Nachricht. – Was ist die gute? – Hitler ist tot! – Wunderbar. Und die schlechte? – Es ist nicht wahr. (1944)

Hitler, Göring und Goebbels machen einen Rundflug. Überall herrschen Not und Zerstörung. Hitler wirft Brotmarken ab. Göring läßt sich nicht lumpen und läßt sogar Fleischmarken fallen. Goebbels fragt den Piloten, womit man das Volk sonst noch erfreuen könne. Der dreht sich um und sagt: Wenn Sie alle drei selbst herunterfielen.

Tünnes und Schäl haben auf der Sparkasse zu tun. Als sie wieder rauskommen, stellen sie fest, daß ihre Fahrräder weg sind. Sagt Tünnes: Mensch, die Nazis hann us Fahrräder jeklaut. – Warömm die Nazis? – Dat ist doch klar, Schäl. Achtundneunzig Prozent sinn Nazis, un mir zwei wor'n doch drin!

Goebbels soll im Rheinland sprechen. Er nimmt in Berlin den Nachtzug. Vor Magdeburg erscheint der Schaffner und verlangt das Billet. Goebbels ist entrüstet: Hören Sie mal. Ich habe den Fahrtausweis in der Eile vergessen. Aber Sie werden doch wissen, mit wem Sie es zu tun haben! – Tut mir leid. – Ich bin Doktor Goebbels. – Das kann jeder sagen. – Mensch, die ganze Welt kennt mich. Allein mein Gesicht ist ein gültiger Fahrtausweis. – Der Schaffner mustert ihn eingehend: Angenommen, es stimmt, was Sie sagen, so dürften Sie doch noch lange nicht mit einer Fahrkarte dritter Klasse in der ersten sitzen!

Wenn Goebbels spricht, kommt man aus dem Staunen nicht heraus. Wie weit der kleine Mann sein Maul aufreißen kann! Der Berliner Volksmund weiß, daß er nur deshalb Ehrenbürger von Beelitz geworden ist, weil er den Spargel quer essen kann.

Eine Lübecker Firma schließt einen Brief nach Amsterdam routinemäßig mit der Formel »Mit deutschem Gruß! Heil Hitler!« – Daraufhin läßt der holländische Geschäftspartner seine Antwort mit den Worten enden: »Mit holländischem Gruß! Und unsere gute Königin Wilhelmina läßt auch schön grüßen.«

Ein Schwede kommt in Berlin in einen Kolonialwarenladen. Haben Sie Butter? – Nein. – Eier? – Nein. – Kaffee, Tee, Südfrüchte? – Nein. –

Ja, was haben Sie denn überhaupt? – Karten für die Vorstellung ›Glückliches Volk‹. (1938)

Der Sieg der Alliierten ist errungen. Die deutschen Kriegsverbrecher stehen vor Churchill und Roosevelt – vorne Hitler! Der reißt plötzlich die Perücke herunter und das Bärtchen ab. Er knallt die Hacken zusammen und meldet: Befehl ausgeführt! Deutschland zerstört! (1944)

Man schreibt das Jahr 2400. Fritz kommt aus der Schule und fragt seinen Vater, wer Hitler gewesen sei. Der weiß es nicht und schlägt im Brockhaus nach: Hitler, Adolf. Germanischer Bandenhäuptling zur Zeit Stalins des Großen. (1944)

An der belgischen Grenze erscheinen eines Tages zahllose Kaninchen und erklären den Beamten, sie seien Politische Flüchtlinge. Die Gestapo wolle alle Giraffen als staatsfeindlich verhaften. – Ihr seid aber doch keine Giraffen. – Das wissen wir, aber weiß das auch die Gestapo?

Beim Baden im Wannsee gerät Goebbels, der nicht schwimmen kann, in Bedrängnis. Zwei zehnjährige Jungen helfen ihm heraus. Er will sich dankbar zeigen und fragt, was sie sich wünschten. Der eine will gern Flieger werden. Goebbels verspricht zu helfen. Der andere wünscht sich ein Staatsbegräbnis. – Aber so jung brauchst du doch noch nicht an den Tod zu denken? – Sagen Sie det nicht – wenn ick zu Haus erzähle, dat ick Ihnen jerettet habe, schlägt mir mein Vater tot.

Im Beichtstuhl fragt ein Mann den Priester, ob es eine Sünde sei, wenn man jemandem von ganzem Herzen den Tod wünsche. – In diesem besonderen Fall nicht.

Am Kurfürstendamm steht ein Mann und verteilt Zettel. Ein Bekannter kommt vorbei: Was machst du denn hier? – Ich verteile Flugblätter gegen die Regierung. – Aber das sind ja leere, weiße Blätter!? – Meine Leute werden mich schon verstehen!

Der Lehrer möchte die Gesinnung der Eltern seiner Schüler prüfen und fragt, welche Bilder führender Männer des Staates zu Hause hingen. Hitler, Goebbels und Göring werden immer wieder genannt. Dann meldet sich der kleine Fritz: Keines, aber meine Mutter hat gesagt, warte nur, bis dein Vater aus dem KZ heimkommt, dann hängen wir alle drei auf.

In der Schule fragt der Lehrer: Fritzchen, was weißt du von den alten Germanen? – Nur das Beste, Herr Lehrer, nur das Beste.

Wahlen können bis auf weiteres nicht stattfinden. Warum nicht? Bei einem Einbruch im Propagandaministerium sind die Wahlergebnisse der nächsten zehn Jahre gestohlen worden.

Göring kommt, erstaunlicherweise, in den Himmel und trifft dort Moses. Man erwartet einen Zusammenstoß und ist verblüfft, sie im vertrauten Gespräch zu sehen. Göring sagt: Ein sehr intelligenter Mann, dieser Moses. Er hat mir zugegeben, den Dornbusch auch selbst angezündet zu haben.

Der Pastor faßt den Besucher sanft am Arm und ermahnt ihn, jetzt recht tapfer zu sein: Mein Freund, was ich dem Kirchenbuch entnommen habe, ist leider sehr schrecklich! Ihr Großvater mütterlicherseits ist nämlich im Jahre 1883 in Halberstadt geköpft worden, wegen vierfachen Raubmordes. – Aber Herr Pastor, warum haben Sie mir da einen solchen Schrecken eingejagt? Weiß der Himmel, ich hatte schon Angst, mein Großvater sei Jude gewesen.

Um eines Ariernachweises willen wendet sich ein Student an den Pfarrer seines Heimatdorfes: Bitte schicken Sie mir meine arische Großmutter; sie liegt auf Ihrem Kirchhof begraben.

In einem KZ ruft ein SS-Führer einen Häftling zu sich: He, du. Komm her! Hör zu! Ich hab' ein Glasauge. Wenn du errätst, welches es ist, kannst du wieder an deine Arbeit gehen. Wenn nicht, dann ist es aus mit dir. Also, welches ist das Glasauge, das rechte oder das linke? – Das linke, Herr Kommandant. – Wie hast du das erraten? – Es blickt so gütig!

Natürlich sind die Kommunisten Nationalisten – solche einer ausländischen Macht. *(Léon Blum)*

In England definierte man einen deutsch-jüdischen Flüchtling als eine Mischung aus jüdischer Bescheidenheit und preußischem Takt. *(Nahum Goldmann)*

Wann wird es der Welt besser gehen? – Wenn Francos Witwe Stalin ans Sterbebett die Nachricht bringt, daß Hitler anläßlich der Trau-

Wenn du errätst, welches es ist, kannst du wieder an deine Arbeit gehen. Wenn nicht, dann ist es aus mit dir. Also, welches ist das Glasauge: rechts oder links?"

„Das linke", ohne Kommentar.

„Wieso hast du das erraten?"

„Es blickt so gütig!"

erfeierlichkeiten für Mussolini ermordet worden ist. *(Dauerbrenner! 1938)*

Von einem uralten Rabbiner, der von Prag nach Theresienstadt verschleppt ist, wird erzählt, er könne den Ausgang des Krieges weissagen. Hitler läßt sich überreden, ihn zu befragen: Man muß das Münzorakel bemühen. Fällt die Münze mit dem Kopf nach oben, siegt Rußland. – Und wenn sie mit der Schrift nach oben fällt? – Dann siegt England. – Andere Möglichkeiten gibt es nicht? – Oh, doch. Sie kann auf der Kante stehen bleiben. Dann siegt Frankreich. Und schließlich kann Gott ein Wunder tun. Die Münze bleibt in der Luft hängen und fällt überhaupt nicht. Dann siegt die Tschechoslowakei.

In der Hölle gibt es einen großen Sumpf für die Lügner. Je mehr einer im Leben gelogen hat, desto tiefer sinkt er. Hitler und Göring stecken bis zum Hals in Sumpf und gucken voller Neid auf den kleinen Goebbels, der nur bis zum Bauch eingesunken ist: Du bist doch der allergrößte Lügner! Wieso bist du noch nicht weg? – Ich stehe auf Mussolinis Schultern.

Der Zweite Weltkrieg ist aus. Graf Bobby sitzt wieder in seinem angestammten Café. Er

Dauerbrenner!

1938

Wann wird es der Welt besser gehen?

Wenn Frauen Wilma Stalin aus Starnberg die Nachricht bringt, dass Hitler anlässlich der Trauerfeierlichkeiten für Mussolini ermordet wurde.

bestellt einen Kaffee und den Völkischen Beobachter. Der Ober ist indigniert: Den Völkischen Beobachter gibt's nicht mehr. – Als er seinen Kaffee ausgetrunken hat, gibt Graf Bobby eine neue Bestellung auf: Herr Ober, einen Cognac und den Völkischen Beobachter. – Der Kellner bringt das Glas und windet sich: Herr Graf, den Völkischen Beobachter gibt es nicht mehr. – Der trinkt in aller Ruhe und hebt dann wieder an: Herr Ober, noch'n Cognac und den Völkischen Beobachter! – Aber Herr Graf, wie oft soll ich's denn noch sagen. Es gibt den Völkischen Beobachter nicht mehr! – Ich weiß. Ich weiß. Aber ich hör' es eben so gern!

Wo das Elend am größten ist

Bonn und Nachkriegszeit

Schützengrabengespräch: Nach dem Krieg will ich eine Radtour durch Deutschland machen. – Und was machst du dann nachmittags?

Zusatzfrage zum Entnazifizierungsbogen 1947: Gedenken Sie im Jahre 1948 noch zu leben und wenn ja, wovon?

Treffen sich nach dem Krieg zwei Deutsche, die die Straße kehren. Der eine, glücklich: Ich habe diese Arbeit nur bekommen, weil ich im III. Reich kein Nazi gewesen bin. Der andere, niedergeschlagen: Und ich bin dazu verpflichtet worden, weil ich als ehemaliger Nazi keine andere Arbeit machen darf.

General Eisenhower kommt in den Himmel und erhält von Petrus den Auftrag, die Wolken zu verschieben. Der Amerikaner legt los und sieht auf einer Wolke Hitler sitzen. Er beschwert sich.

Doch Petrus weist ihn zurück: Laß nur. Der sitzt seine Strafe ab. Er muß die gesammelten Werke von Karl Marx ins Hebräische übersetzen.

In welcher Zone soll man sich am besten niederlassen? – Das kommt drauf an, wer man ist. Ein Aristokrat geht am besten in die britische, ein Katholik in die französische, ein Geschäftsmann in die amerikanische, ein Intellektueller in die sowjetische Zone. – Ja, und wo bleibt ein aufrechter Demokrat?

Ein Norweger fragt einen Deutschen: Wie lange wird es dauern, bis Deutschland wieder auf den Beinen ist? – Zweiundfünfzig Jahre! – Wieso gerade so lange? – Nun, fünfzig Jahre werden wir besetzt sein und zwei Jahre werden wir brauchen, um wieder aufzubauen. (1948)

1955 werden die Verhandlungen zum österreichischen Staatsvertrag erfolgreich zu Ende gebracht. Nach Rückkehr der Regierungsdelegation aus Moskau antwortet Bundeskanzler Raab auf die Frage, warum die Russen nachgegeben hätten: Weil wir eine so furchterregende Nation sind.

Zwei Hunde, einer aus Ost, einer aus West, treffen sich an der Berliner Sektorengrenze. Was willst du hier, fragt der Westhund streng. Hast du etwa nicht genug zu fressen? – Nee, zu fressen habe ich genug. Ich bin gekommen, um ein wenig zu kläffen.

Die Verhängung der Blockade löst auch bei den Westalliierten Entsetzen aus. Am Tag danach erscheint der Regierende Bürgermeister Ernst Reuter auf einem Empfang und wird prompt und voller Nervosität gefragt, wie er sich den weiteren Gang der Dinge vorstelle. – Aber meine Herren Amerikaner, Engländer und Franzosen, haben Sie doch keine Angst, wir Berliner stehen nicht nur geschlossen hinter Ihnen, sondern auch geschlossen vor Ihnen.

Im Sommer 1949 tagt der Vorstand der SPD in Bad Dürkheim, um neue Richtlinien zu erarbeiten. Abends finden sich die Genossen im Winzerverein zusammen. Als ein besonders edler Tropfen angekündigt wird, hält zur allgemeinen Überraschung auch der gerade von schwerer Krankheit genesene Kurt Schumacher sein Glas bereit. Der Kellermeister sagt: Den, meine Herren, müssen Sie wirklich mit Verstand trinken. Da blickt der Parteichef in die Runde, hebt sein Glas und spricht: Das, Freunde, tue ich besser für euch.

Adenauer geht mit seinem Enkel spazieren: Na, weißt du schon, was du einmal werden willst? – Bundeskanzler. – Wieso, wir brauchen doch nicht zwei!

Adenauer wird vorgeworfen, vor einigen Tagen noch einen ganz anderen Standpunkt vertreten zu haben. – Aber es kann mich doch niemand hindern, jeden Tag klüger zu werden.

Kardinal Frings hält, halb verwundert, halb verärgert, Adenauer vor: Sie können doch nicht erwarten, daß ich nur Ja und Amen sage. – Das ist auch nicht nötig. Es genügt, Eminenz, wenn Sie Ja sagen.

Inspiriert durch ein paar Nazis, die schöne Posten in der Bundesrepublik ergattert haben, sagt eine Nutte im Frankfurter Bahnhofsviertel: Es wär' doch schön, auch nochmal als Jungfrau beginnen zu können.

Ein fünfundvierzig Jahre alter Mann ist im Begriff, nach Australien auszuwandern. Und warum? – Als ich zwanzig war, wurden Nazis zum Tode verurteilt. Als ich fünfundzwanzig war, kriegten sie lebenslänglich. Als ich dreißig war, wurden sie freigesprochen. Weitere fünf Jahre später kamen sie auf höchste Posten. Bevor es wieder Pflicht wird, hau ich lieber ab!

Als Bundeskanzler Adenauer 1953 New York besucht und staunend die Skyline betrachtet, sagt er zum Generalkonsul: Und mit so einem mächtigen Land will sich der Herr Ollenhauer nicht verbünden?!

Amerikanische Journalisten sind respektlos: Glauben Sie, Herr Bundeskanzler, daß auch ein Politiker in den Himmel kommen kann? – Bei Gott, mein Herr, ist kein Ding unmöglich.

Bei einem Bankett wird Adenauer gefragt: Was würden Sie tun, wenn sie nicht Bundeskanzler, sondern Finanzminister wären? – Ich würde mit mir tauschen.

Ein Amerikaner, der lange bei der Hohen Kommission gearbeitet hat, kehrt in seine Heimatstadt Chicago zurück. Er wird ausgefragt: Was ist denn das eigentlich für eine Stadt, dieses Bonn? Noch nie hat man etwas von ihr gehört, und nun heißt so die Hauptstadt der Bundesrepublik Deutschland? – Oh, das ist gar nicht so leicht zu erklären. Stellt Euch am besten den Friedhof von Chicago vor. Bonn ist halb so groß und doppelt so tot.

Der Bundespräsident stattet dem altehrwürdigen Rothenburg ob der Tauber einen Besuch ab. In der Empfangshalle des »Eisenhut«, umgeben von den Honoratioren der Stadt, wird ihm, wie jedem hohen Gast, der dreizehn bayerische Schoppen fassende gefüllte Meistertrunkhumpen kredenzt. Heuß blickt sich um, sieht die Fotografen und hält inne: Nein, nein, ich trinke erst, wenn Sie verschwunden sind. Stellen Sie sich ein solches Foto vor. Die Leut' täten ja sagen, der Heuß kriegt den Hals nicht voll.

Im Sommer 1956 beehrt der Bundespräsident das große Sängerfest in Stuttgart. Von dort aus fährt er nach Kirchberg an der Jagst. Der Stander und überhaupt der große glänzende Mercedes erregt Aufsehen in der Schuljugend. Karl fragt Fritz: du, sag emol, kennsch du den Karre? – Noi, den kenn i nette. – Was? du kennsch den Wage net?! Der g'hört doch dem Heuß! – Den kenn i au net. Wer isch denn dees? – No, der Heuß, des isch doch der, wo beim Adenauer schafft!

Im Auswärtigen Amt wird die Stelle eines leitenden Beamten für Entwicklungshilfe ausgeschrieben. Eine Menge Bewerbungen gehen ein. Als alle gesichtet sind, bleiben derer drei übrig. Der erste ist Philologe, der den ganzen Erdball wie seine Westentasche kennt und dreißig Negerdialekte beherrscht. Der zweite ist Jurist in einer großen Exportfirma, er spricht fließend Arabisch und ist im Nahen Osten wie zu Hause. Der dritte ist Kunsthistoriker von Rang, er geht in sämtlichen Regierungspalästen Indiens, Ceylons und Indonesiens ein und aus. Und wer hat den Posten bekommen? – Der Neffe von Adenauer.

Überraschend hält ein Reporter Adenauer das Mikrofon hin und fragt: Herr Bundeskanzler, Sie sehen so gesund aus, geht es Ihnen auch so gut? – Ich will Ihnen mal wat sagen. Ich bin ein ehrlicher Mensch, und wenn ich jut aussehe, dann jeht es mir auch jut!

Adenauer ist zur Privataudienz beim Papst. Als er nach langer Zeit immer noch nicht herauskommt, wagt der Kardinal-Staatssekretär, die Tür einen Spalt zu öffnen. Und was sieht er? Adenauer sitzt auf dem Thron. Der Papst kniet vor ihm und fleht mit erhobenen Händen: Glaub' mir doch, ich bin schon katholisch!

Adenauer bittet den Papst, ihn heilig zu sprechen. Der Papst weigert sich, ein Lebender sei noch nie heilig gesprochen worden. Als Adenauer insistiert, erklärt der Papst feierlich: Nun ernenne ich dich zum Scheinheiligen.

Adenauer ist gestorben. Es wird beratschlagt, wo er zur letzten Ruhe gebettet werden soll. Der Bürgermeister von Rhöndorf sagt: Natürlich hier. Hier hat Adenauer bis zu seinem Tod gelebt. – Das wird abgelehnt, der Ort sei zu klein und werde der Bedeutung des Verstorbenen nicht gerecht. Seitens der SPD kommt die Anregung, ihn in Köln zu beerdigen. Dort sei er viele Jahre Oberbürgermeister gewesen. – Auch dieser Vorschlag wird abgewiesen, es könne wieder Adenauers Separatistenzeit zur Sprache kommen, und außerdem sei da jetzt ein Sozi Oberbürgermeister. Man solle ihn, so die CDU, in Jerusalem beisetzen. Jerusalem sei in aller Welt bekannt, und Adenauer habe sich immer für das Christentum eingesetzt. – Ollenhauer und Carlo Schmid sind entsetzt und widersprechen: Jerusalem? Nein. Da ist schon mal einer wieder auferstanden. – Frage aus der CDU: Wer?

Lübke lernt Esperanto. Er will dorthin.

Lübke ist Gast eines afrikanischen Landes und fragt einen Schüler, was er lerne. Antwort: Französisch, Deutsch und Algebra. Dann kannst du mir auch sagen, fragt der Bundespräsident zurück, wie der Premierminister in Algebra heißt?

An der Garderobe im Bundeshaus hängt ein Schild: Nur für Abgeordnete. Ein Pförtner schreibt darunter: Man kann auch Mäntel und Hüte aufhängen.

Luise Rinser meint, nicht farbenblind zu sein, sich aber doch wundern zu müssen: Der schwarze CSU-Chef reist ins rote China und ins braune Chile. Die Mischung aller Farben ergibt Weiß. Wie die Unschuld.

Strauß über Biedenkopf: Man hat vergessen, Kunstdünger in die Schuhe zu streuen.

Am 2. Juli 1979 wird Franz-Josef Strauß zum Kanzlerkandidaten der Union bestimmt. Die Anhänger des Gegenkandidaten Ernst Albrecht sind erregt: Dann tun wir Albrecht ins Zwischenlager, bis er zur nächsten Wahl wiederaufbereitet wird, Strauß geht dann ab ins Endlager.

1/7 Febr. FJS führt KK gewählt
in den Augen einen Teil der CDU

Abwicklung ins Bundes-Lager
. Wiederaufbereitung 84
FJS Endlager

Dagbladet über Strauß 1961: Das Ellbogengenie, das lächelt, wenn es lügt.

Verteidigungsminister Manfred Wörner wird gefragt: Was ist schöner, weiße Weihnacht oder heiße Liebesnacht? – Weiße Weihnacht. – Warum? – Ist öfter.

Norbert Blüm geht mit einem Pudel spazieren, den er zum Geburtstag geschenkt bekommen hat. Er trifft einen vom Wirtschaftsrat der CDU. Der fragt: Norbert, wo willst du mit dem Ochsen hin? – Blüm ist verblüfft: Das ist doch kein Ochse, das ist ein Pudel. – Aber wer redet denn dann für dich?

Barzel trifft Blüm: Einen schönen Anzug tragen Sie. Hat mein Schneider den gemacht? – Ja. – Was hat er denn gesagt, daß Sie auf meine Empfehlung kamen? – Er hat Vorkasse verlangt.

Heiner Geißler stürzt in eine Gletscherspalte. Die Rettungsmannschaft entdeckt ihn und ruft: Hier spricht das Deutsche Rote Kreuz. Von unten ruft es zurück: Ich gebe nix.

W. B.

FJS

Dagbladet 1967:

Dieses Ellbogengenie, das lächelt, wenn es lügt

Ein Züchter wird gefragt: Ihre Tauben gehören gewiß der CDU an? – Wieso denn das? – Na, wenn sie unten sind, fressen sie einem aus der Hand. Sind sie oben, scheißen sie einem auf den Kopf.

SPD

Der Sozialismus ist eine ständige Aufgabe. – Ja, aber warum muß es abends immer so spät werden?

Ein niedersächsischer Parteisekretär hatte einen Spruch über seinem Schreibtisch hängen: Diskussion schwächt die Partei.

Trifft Fritz den Ortsvereinsvorsitzenden. Fragt der: Fritz, warum warst du nicht auf der letzten Mitgliederversammlung? – Hätte ich gewußt, daß es die letzte war, wäre ich gekommen!

SPD – oder der Versuch, die Spitze des Eisbergs zu schmelzen, während das Wasser steigt.

Auf dem Münchner Parteitag 1982 wird angekündigt, daß der Papst seine nächste Reise zur SPD mache. – Warum? – Weil er immer dorthin fährt, wo das Elend am größten ist.

Ein Wahlredner kommt in Fahrt und läßt sich mit Versprechen nicht lumpen: Wenn wir gewinnen, bekommt ihr einen neuen Sportplatz. – Beifall. – Und eine neue Kindertagesstätte bekommt ihr auch. – Beifall. – Und die neue Brücke wird auch gebaut. – Aber wir haben doch gar keinen Fluß. – Dann kriegt ihr auch den Fluß!

Die Geschichte rächt sich an jungen Revolutionären dadurch, daß sie in späteren Jahren in Frack und Orden zum Opernball gehen müssen. *(Bruno Kreisky)*

Der Papst, Jimmy Carter, ein Hippie und Helmut Schmidt fliegen gemeinsam über den Atlantik. Das Flugzeug gerät in Turbulenzen und der Pilot spricht von Absprung. Es stellt sich heraus, daß nur vier Fallschirme an Bord sind. Der Pilot sagt, seine Fluggesellschaft könne ihn nicht entbehren und springt. Carter verweist auf seine globale Verantwortung und springt hinterher. Der Bundeskanzler erklärt, er sei der klügste

Kopf Europas, müsse also überleben, und springt ebenfalls. Darauf wendet sich der Papst an den Hippie und spricht: Mein Sohn, ich habe mit dem Leben abgeschlossen, nimm du den letzten Fallschirm. Da lacht der Hippie ihn an: Aber wir haben doch noch jeder einen. Denn der klügste Kopf Europas ist mit meinem Schlafsack abgesprungen.

Damit keine Panik entsteht!

Rüstung und Kalter Krieg

Schon zu Zeiten Konrad Adenauers beschäftigte man sich mit der Frage, was nach dem Atomkrieg sein werde. Wer überlebt? Der Alte! Er wandert durch die Ruinenlandschaft im Großraum Köln und trifft ein zweites Menschenkind, das nicht umgekommen ist. Eine junge Frau, deren Attraktivität trotz aller Verwüstung erhalten geblieben ist. Sie fragt, ob sie beide nicht die Pflicht hätten, unbeschadet des großen Altersunterschiedes, ihren Beitrag zu leisten, daß das deutsche Volk fort bestehe. – Unter der einen Bedingung, daß ich Bundeskanzler bleibe.

Wie wirkt sich der Abwurf der Neutronenbombe auf die Küche aus? – Das Geschirr bleibt heil, das Gemecker übers Essen hört auf.

Gustav Heinemann: Im Kriege ist körperliche Abwesenheit besser als Geistesgegenwart.

Verhaltensmaßregeln für den Atomkrieg: Nach dem Fall der Bombe möge man ein Bad nehmen, sich mit einem frischen weißen Leinentuch umhüllen, gemessenen Schrittes das Haus verlassen und sich langsam in Richtung Friedhof bewegen. – Warum langsam? – Damit keine Panik entsteht.

Im State Department wird jedes Schriftstück mit dem Vermerk ›Geheim‹ oder sogar ›Streng geheim‹ versehen. Schließlich ergeht die Order, gewissen Papieren den Stempel ›Top Secret – Sofort verbrennen, nachdem gelesen‹ aufzudrücken. Einem neu eingestellten Beamten erscheinen diese Vorkehrungen noch immer nicht ausreichend. Seine Akten versendet er fortan mit dem roten Vermerk ›Achtung! Vor dem Lesen verbrennen!‹

Ein Amerikaner, ein Franzose, ein Russe, ein West- und ein Ostdeutscher machen einen Gepäckmarsch durch die Wüste. Es soll getestet werden, wie lange ein Mensch mit einer möglichst geringen Menge Flüssigkeit laufen kann. Der Amerikaner zieht mit einer Flasche Whisky im Tornister los und bricht nach einem Kilometer volltrunken zusammen. Der Russe leert eine Wodkaflasche und macht nach zwei Kilometern schlapp. Der Franzose schafft mit einem Ballon

Wein fünf Kilometer, der Westdeutsche, mit mehreren Flaschen Bier bewaffnet, immerhin zwölf Kilometer. Schließlich legt der Ostdeutsche los. Er marschiert vierzig Kilometer und kommt die gleiche Strecke auch wieder zurück. Unterdessen haben sich die anderen Teilnehmer erholt und fragen völlig erstaunt den ostdeutschen Mann: Wie hast du das gemacht und was hast du mitgenommen? – Eine Thermosflasche Kaffee und die neueste Ausgabe des ›Neuen Deutschland‹. – Das ist unmöglich. Mit einer Kanne Kaffee bei dieser Hitze kann man nicht achtzig Kilometer gehen. – Ha, ich bin fünf Kilometer gelaufen, habe meinen Kaffee getrunken, bin weitere fünf Kilometer marschiert und habe im ›Neuen Deutschland‹ den Leitartikel gelesen. Daraufhin ist mir der Kaffee wieder hochgekommen. So ging es fort und fort...

Ist es wahr, daß die Amerikaner viel mehr Autos haben als wir Russen? – Ja, dafür haben wir aber mehr Parkplätze.

Was wohl aus dem Marx geworden sein mag?

Sozialismus und Ostblock

Wie ist die Lage des Weltkapitalismus? – Am Rande des Abgrunds. – Was machen die Kapitalisten dort? – Sie schauen auf uns herab.

Wer waren die ersten Kommunisten? – Adam und Eva. Sie hatten nichts auf dem Leib und nur einen Apfel zu essen. Trotzdem behaupteten sie, das sei das Paradies.

Clemenceau hat befunden: Wenn mein Sohn mit zwanzig kein Kommunist ist, so enterbe ich ihn. Ist er aber mit dreißig immer noch Kommunist, so enterbe ich ihn auch.

Auf Clemenceau wird ein Attentat verübt. Er überlebt und fragt den Zeugen: Ein Anarchist? – Aber nein. – Ein Wahnsinniger! Haben Sie denn nicht gehört? Er hat gerufen: Es lebe die Gerechtigkeit!

Wer waren die ersten Gewerkschafter? – Die Heiligen Drei Könige. Sie sahen ein Licht, legten die Arbeit nieder und setzten sich an die Krippe.

In den Gewerkschaftsgremien wird über das Ergebnis der Tarifverhandlungen berichtet: Kollegen, wir haben erreicht, daß nur noch mittwochs gearbeitet werden muß. – Jeden Mittwoch?

Wer war der erste Sozialist? – Laut Churchill war es Kolumbus: Er ist weggefahren, ohne zu wissen, wohin. Er ist zurückgekommen, ohne zu wissen, wo er war. Und heute noch zahlen wir für seine Reise.

Wann haben die letzten freien Wahlen stattgefunden? – Im Paradies, als Gott dem Adam die Eva zeigte und sagte: Du kannst wählen.

Kann man den Sozialismus in einem Land aufbauen? – Ja. Aber leben muß man in einem andern.

Die Statuten der KPdSU werden auf zwei Sätze reduziert: 1. Die Partei irrt sich nie. 2. Wenn die Partei sich irren sollte, gilt Punkt 1.

Frage an Radio Eriwan: Hat die Partei immer Recht? – Im Prinzip ja. – Woher weiß man das so genau? – Wir haben die Partei gefragt.

Frage an Radio Eriwan: Kann man sich auf einen Igel setzen? – Im Prinzip nein. Es sei denn, man rasiert den Igel vorher oder die Partei befiehlt es.

Frage an Radio Eriwan: Wird es noch Geld geben, wenn der Sozialismus seine höchste Entwicklungsstufe erreicht hat? – Im Prinzip ja und nein. Es gibt zwei Theorien. Die eine besagt, es wird Geld geben, die andere lautet, es wird kein Geld geben. Vermutlich wird das Problem dadurch entschieden, daß der eine Geld hat und der andere keins.

Frage an Radio Eriwan: Wie werden wir unter dem vollendeten Kommunismus leben? – Brot, Fleisch und Kleidung werden sehr billig werden. Kurzum, es kehren Zustände ein wie unter dem Zaren.

Frage an Radio Eriwan: Laufen Schriftsteller auch heute noch Gefahr, ins Gefängnis zu wandern? – Was heißt hier Gefahr? Sie fühlen sich dort wie zu Hause.

Frage an Radio Eriwan: Stimmt es, daß man in der Sowjetunion keine Stereoanlage braucht? – Im Prinzip ja. Man hört ja sowieso von allen Seiten das gleiche.

Frage an Radio Eriwan: In unserem Frauenlager, in dem es wirklich keine Männer gibt, bekommt jetzt eine Insassin ein Kind. Wie ist das möglich? – Die Genossin hat wohl Beziehungen gehabt.

Frage an Radio Eriwan: Ein Genosse überrascht seine Frau mit einem fremden Mann im Bett. Trotzdem bekommt er die Schuld an der Zerrüttung der Ehe. Ist das richtig? – Im Prinzip ja. Der Genosse ist zu früh von der Arbeit nach Hause gegangen.

Frage an Radio Eriwan: Kürzlich las ich in einer Zeitung, Bundeskanzler Schmidt und seine sozial-liberale Koalition hätten bisher nur Fehler gemacht und keinen einzigen Erfolg errungen. Habe ich mich vielleicht verlesen? – Nein. Sie haben sich nur in der Zeitung vergriffen.

Optimisten meinen: Wir werden alle nach Sibirien abtransportiert. Pessimisten meinen: Nein, wir gehen zu Fuß.

Frage an Radio Eriwan: Soll man Waffen tragen, wenn man Freunde besucht? – Im Prinzip nein. Will man aber den Freund von irgendwas überzeugen, können einige Panzerbrigaden von Vorteil sein.

Frage an Radio Eriwan: Trifft es zu, daß der Mann, der die Witze über Ihren Sender verbreitet, in Eriwan sitzt? – Es stimmt, daß er sitzt.

Warum gibt es in Ungarn und in Polen relativ mehr Freiheit als im übrigen Ostblock? – In Ungarn läuft die Wirtschaft gut, da kann man sich ein bißchen Freiheit schon leisten. In Polen läuft die Wirtschaft nicht gut, da kann man es sich nicht leisten, jede Freiheit zu unterbinden. Womit die Einwirkung des Unterbaus auf den Überbau bewiesen wäre. Leider weiß man nur nie, in welche Richtung der Unterbau wirkt. (Warschau 1977)

II/13

Nachschrift

- Trifft es zu, daß der Mann, der die Witze über Ihren Sender verbreitet, in Eriwan sitzt?

- Es stimmt, daß er sitzt.

Ein Schneider auf der Krim hat einen Raubmord begangen. Das Revolutionsgericht erkennt auf Tod durch den Strang. Der Kommissar hebt das Urteil auf und läßt den Schmied hinrichten. Im Dorf gibt es zwei Schmiede, aber nur einen Schneider.

Auf dem Großmarkt sind jetzt Autos und Revolver zu haben. Man kann aber entweder nur ein Auto oder nur einen Revolver bekommen. Igor weiß nicht, wie er sich entscheiden soll. – Sein Freund Vladimir weiß Rat: Nimm den Revolver, mit dem kannst du dir jederzeit das Auto beschaffen.

Bei Daimler unterhalten sich zwei Arbeiter: Was ist Kapitalismus? – Wenn die Autos, die wir bauen, nur von anderen gekauft werden können. – Und was ist Sozialismus? – Wenn der Herr Direktor im 600er vorbeirauscht, hält und sagt: Steig ein. – Hast du das schon erlebt? – Nö, ich nicht, aber meine Schwester.

Mitten in der Nacht wird ein Jude in Moskau geweckt. Es klopft laut an der Tür. Wer ist da? – Die Post. Der Mann steht auf und öffnet die Tür. Vor ihm stehen zwei Leute vom KGB: Sind Sie Goldstein? Und haben Sie einen Antrag auf Ausreise nach Israel gestellt? – Ja. – Haben Sie genug zu essen? – Ja. – Bekommen Ihre Kinder eine gute kommunistische Ausbildung? – Ja. – Warum wollen Sie denn dann noch aus Rußland fort? – Weil ich nicht gern in einem Land lebe, in dem die Post nachts um drei zugestellt wird.

Was ist der Unterschied zwischen Breschnew und einem Klempner? Klempner kommt nicht und B. geht nicht.

Was ist ein Optimist? Ein schlecht informierter Pessimist. (*Falin* 1981)

Es ist so viel leichter, Pessimist zu sein. Warum? – Man bekommt viel öfter recht.

Telegramm der albanischen Regierung nach dem Abschuß des Sputnik: Wir gratulieren. In Albanien herrscht große Freude. Denn nun ist Albanien nicht mehr der kleinste Satellit.

Boris aus Moskau hat viel gesündigt, daß ihn die göttliche Themis zur ewigen Verdammnis zwingt. Als der Verstorbene vor der Hölle erscheint, bemerkt er zwei Eingänge. Über dem einen steht ›Sozialistische Hölle‹ und über dem anderen ›Kapitalistische Hölle‹. Vor der kapitalistischen Hölle hat sich nur der Türhüter, der Teufel, in Positur gebracht. Vor der sozialistischen Hölle aber hat sich eine lange Schlange verdammter Seelen aufgereiht. Boris stellt sich aus alter Gewohnheit in die Schlange und fragt: Was erwartet uns denn hier in der sozialistischen Hölle? – Nun ja, man wird in Pech gekocht, manchmal wird Kohle nachgeschüttet, um das Feuer in Gang zu halten, und ab und an muß man auf Rasierklingen sitzen. – Ja, und in der kapitalistischen Hölle? – Da? Da ist es im Prinzip genauso. – Aber warum steht denn hier eine so lange Schlange? – Hier bleibt eben zuweilen die Kohle aus, und oft gibt es auch keine Klingen.

Betriebsversammlung im Fischverarbeitungs-Kombinat zu Wismar. Was ist Kapitalismus? – Kapitalismus ist die Unterdrückung des Menschen durch den Menschen. – Und was ist Kommunismus? – Das Gegenteil.

Ein polnischer Diplomat wird im Westen gefragt: Sind Sie katholisch? – Gläubig, nicht praktizierend. – Ach ja, Sie sind ja Kommunist. – Praktizierend, aber nicht gläubig.

1980 verlautet aus Rumänien, daß Karl

W.B.

Okt. 77. d.
Konv. mit Verleger

Lenin, Stalin, Hitler
über Völker

wenn KZ,
Unheil.

wenn Weltpolitik,
und immer an
Macht

wenn Nation, würde
d. Volk und nicht,
weil ich Krieg verloren

Marx am 1. Mai in Bukarest auferstanden sei, darum gebeten habe, im Fernsehen auftreten zu dürfen und die Führung dem trotz Bedenken statt gegeben habe. Der Alte sagte: Proletarier aller Länder, verzeiht mir.

Schulungskurs in Bukarest: Könnte man, Genosse Schulungsleiter, auch in der Schweiz den Sozialismus errichten? – Ja, gewiß. Aber wozu?

Die Zimmerfrau ermahnt den neuen Untermieter: Sagen Sie nur ja immer, was Sie brauchen. Ich lege Ihnen dann genauestens dar, warum Sie es nicht kriegen.

Temesvar. Die Straßenbahn ist überfüllt. Ein Mann schwenkt seine leere Tasche und schreit: Wegen dieser Schweine müssen wir hungern! Wegen dieser Schweine haben wir nichts anzuziehen. Wegen dieser Schweine hausen wir in dreckigen Löchern! Wegen dieser Schweine gehen wir noch alle zu Grunde. – Die Tramway hält. Zwei Mann von der Securitate steigen ein und nehmen den Mann fest: Wen haben Sie mit den Schweinen gemeint? – Na, wen wohl? Diese verdammten Amerikaner! – Die Leute von der Securitate gucken verdutzt und lassen den Mann laufen. Der dreht sich in der Tür um und lacht: Ja, und wen habt *ihr* gemeint?

Aus meiner Jugend, die den alten Tagen von Karl Marx näher war, als es sich die jungen Leute von heute vorstellen können: In der Britischen Nationalbibliothek sucht ein Journalist einen greisen Archivar auf. Ob es stimme, daß er Karl Marx noch gekannt hat? – Marx? Wer soll denn das gewesen sein? Ja, warten Sie ... ja! Da war einmal ein Mann mit einem großen Bart, ich glaube, ein Deutscher. Marx, ja, das kann er gewesen sein. Er hat immer im Kleinen Lesesaal gearbeitet. Aber eines Tages ist er nicht mehr gekommen. Ich habe mich oft gefragt, was aus dem wohl geworden sein mag ...

Karl Radek hat 1922, auf dem Komintern-Kongress, den Beitrag gerühmt, den die Kommunisten schon jetzt zur Entwicklung der Menschheit geleistet hätten: Vom Matriarchat über's Patriarchat zum – Sekretariat.

Drei Oppositionelle sitzen in der Lubjanka. Der eine fragt den anderen, warum er sitze. – Oh, weil ich für Radek gestimmt habe. – Der zweite: Oh, weil ich gegen Radek gestimmt habe. – Der dritte geht schweigend in der Zelle auf und ab. Schließlich fragen ihn die beiden Mithäftlinge: Was hast du denn verbrochen? – Ich bin Radek.

Kominterntagung in den zwanziger Jahren. Der Delegierte der Eskimos hält eine Rede. Volkskommissar Radek tritt ans Pult und übersetzt ins Russische. Anschließend übersetzt er auch aus dem Ungarischen und Chinesischen. Alle sind sprachlos. Ob er denn so viele Sprachen könne? – Na, was werden sie schon gesagt haben...

Schulungskurs in der Tschechoslowakei: Was war früher da, Ei oder Henne? – Früher war beides da.

Die Indianer begeben sich zu ihrem Häuptling und fragen, wie der Winter werde. – Es ist gut, Bäume zu fällen und Holz zu hacken. – Nach einem Monat wird wieder gefragt und wieder geantwortet: Weiter hacken. – Kurz vor Ende des zweiten Monats reist der Häuptling nach Washington zum meteorologischen Zentralinstitut. Er fragt: Wie wird der Winter? – Wahrscheinlich sehr hart, denn die Indianer hacken schon seit zwei Monaten Holz. (Prag 1985)

Im Politbüro der KP in Prag wird vorgeschlagen, zu Ehren von Parteichef Husak einen Feiertag einzuführen; der könne den Gedenktag für Jan Hus ersetzen. Worauf Husaks stalinistischer Erzfeind Bilak bemerkt: Warum nicht? Wenn er dann auch verbrannt ist?

Welche fünf Hindernisse liegen auf dem tschechoslowakischen Weg zum Sozialismus? – Die westlichen Imperialisten, der Frühling, der Sommer, der Herbst und der Winter.

Einem Zigeuner wird Arbeit in einem Bergwerk angeboten. Er lehnt ab und muß den Vorwurf der Faulheit einstecken: Nein, faul bin ich nicht. Ich will aber keinesfalls mithelfen, die Republik zu untergraben.

Die Tschechoslowakei ist der neutralste Staat der Welt. Sie mischt sich nicht einmal in ihre eigenen Angelegenheiten ein.

Warum haben die Russen 1968 so viele Soldaten in die Tschechoslowakai geschickt? – Um den Tschechen zu finden, der sie gerufen hat.

Kurz nach dem Einmarsch finden ein Russe und ein Tscheche eine Kiste Whisky. Der Russe will sie brüderlich teilen. – Nein, nicht brüderlich. Jeder soll die Hälfte bekommen.

Welcher Staat hat die schwerfälligste Bürokratie? – Die Sowjetunion. Die Tschechoslowakei hat sie 1939 um Hilfe gerufen, um die Faschisten zu besiegen. Das Gesuch konnte aber erst 1968 positiv beschieden werden.

Ein Amerikaner kommt in Prag an. Am Flughafen fragt er den Taxichauffeur: Sind Sie frei? – Nein, ich bin Tscheche.

In seiner ersten Rede nach dem sowjetischen Einmarsch erklärt der neue Prager Innenminister: Genossen, als wir die Regierung übernahmen, befand sich das Land am Rande des Abgrunds. Seither haben wir einen Schritt vorwärts gemacht.

Du hast drei Wünsche, sagt der Russe zum Tschechen. – Ich möchte, daß wir dreimal von den Chinesen besetzt werden. – Wieso dreimal? – Weil sie dann sechsmal die Sowjetunion durchqueren müssen.

Nach dem ungarischen Aufstand und der Niederschlagung 1956 besteht die Kommunistische Partei praktisch nicht mehr. Nur gezwungenermaßen hat sie ein paar tausend Mitglieder

W.B.

Unsicher 77

Warum relativ mehr Flexibilität in Ung. u. Polen

U: Ök. gut, können sich leisten

P: Ök. schlecht, können es sich nicht leisten, einzusehen.

Deutlich Einwirkung der Unterhaltung mit ~~[illegible]~~ Liberalen – man weiß nur ~~[illegible]~~ selbst, in welcher Richtung halten können. Die Kader müssen also aufgefüllt werden. Die Partei erläßt eine entsprechende Direktive: Wer ein neues Parteimitglied gewinnt, braucht sechs Monate lang an Sitzungen seiner Zelle nicht teilzunehmen. Wer fünf Mitglieder gewinnt, darf selbst die Partei verlassen. Wer zehn Mitglieder gewinnt, dem wird bestätigt, daß er nie der Partei angehört hat.

Janos Kadar, der ungarische Staats- und Parteichef, im März 1978 in Budapest: Wir haben euch Sozialfaschisten genannt, und ihr uns Russenknechte.

Kadar nennt drei Bedingungen, unter denen ein Kommunist es schwer hat, ein anständiger Mensch zu bleiben: 1. In der Illegalität. 2. Im Gefängnis. 3. Wenn er an der Macht ist.

In der ungarischen Provinz finden Wahlen statt. Die Bauern erhalten verschlossene Umschläge, um sie in die Urne zu stecken. Ein Bauer will seinen Umschlag öffnen. Der Vorsitzende der Wahlkommission ist außer sich: Was hast du vor, du Unglücksmensch? – Ich will nur wissen, für wen ich stimme. – Ja, weißt du denn nicht, daß die Wahl geheim ist?

Pukacs geht zur Polizei. Er will auswandern. – Wohin wollen Sie denn? – Nach Holland. – Sind Sie denn nicht zufrieden in Budapest? – Ich kann nicht klagen. – Haben Sie denn keine gute Arbeit hier? – Ich kann nicht klagen. – Haben Sie kein angenehmes Leben hier? – Ich kann nicht klagen. – Aber warum wollen Sie denn nun nach Holland? – Dort kann ich klagen.

Der britische Premier Macmillan, der sowjetische Staats- und Parteichef Chruschtschow und Janos Kadar fliegen über Ungarn hinweg. Macmillan nimmt zehn Zehnpfundnoten in die Hand und wirft sie aus dem Flugzeug: Damit zehn anständige Ungarn eine Freude haben! Chruschtschow fühlt sich angeregt, nimmt hundert Hundertrubelscheine und wirft sie ebenfalls ab: Damit hundert anständige Ungarn eine Freude haben! Da dreht der Pilot sich um und ruft: Genosse Kadar, jetzt müssen Sie sich selber aus dem Flugzeug werfen, damit neun Millionen anständige Ungarn eine Freude haben!

Endlich dürfen ein paar sowjetische Wissenschaftler wenigstens zu Studienzwecken in den kapitalistischen Westen reisen. Bei Rückkehr wird Igor Protopopov gefragt: Was hast du hauptsächlich studiert? – Die Widersprüche der kapitalistischen Gesellschaft. – Und die wären? –

Ich kann euch nur sagen, daß sie bei nächtlicher Beleuchtung besonders schön sind. – Ist denn wahr, daß der Kapitalismus im Sterben liegt? – Mit eigenen Augen habe ich gesehen, wie er auf dem Totenbett liegt. Aber ich kann auch versichern, daß er einen wunder-, wunderschönen Tod stirbt.

Ein hoher Beamter des russischen Außenministeriums lädt den französischen Attaché in ein Moskauer Restaurant ein. Mitten im Essen hält der Franzose plötzlich inne. Er ist außer sich vor Zorn und ruft den Kellner: Sie haben mir drei kleine Schnitzel gebracht, zwei waren in Ordnung, das dritte aber läßt sich nicht mal schneiden! – Das glaub' ich Ihnen sofort. Denn das ist ja das Mikrofon.

Stimmt es, daß die Lebensbedingungen in unseren sowjetischen Umerziehungslagern ausgezeichnet sind? – Ja. Ein Kollege, der eben daran zweifelte, erhielt Gelegenheit, die Verhältnisse an Ort und Stelle zu studieren. Es scheint ihm wirklich gut zu gefallen. Denn er ist noch immer nicht zurück.

Ostblock-Tagung in Moskau: Die Sowjetunion ist das fruchtbarste Land der Welt. Wir haben vier Ernten im Jahr. – Übertreiben Sie da nicht? – Aber nein, wir haben eine Ernte aus Bulgarien, eine aus Ungarn, eine aus Polen und auch noch eine aus der DDR.

Nach dem sowjetischen Einmarsch in Afghanistan wird in Polen definiert, was eine Aggression ist: Ein militärischer Einmarsch, wenn die Sowjetunion nicht beteiligt ist.

Ein polnischer Bauer wird gefragt: Würdest du dem Staat eine Kuh geben? – Gewiß. – Und ein Pferd? – Ja, auch. – Und Hühner? – Nein, die nicht. – Warum nicht? – Weil die meine sind.

Warum gibt es in Polen zunehmend Schwierigkeiten in der Fleischversorgung? – Weil man sich mit steigendem Tempo dem Kommunismus nähert und die Kühe nicht Schritt halten können.

Ich habe keine Freude mehr am Leben, sagt ein Pole. Ich will mich umbringen. Aber wie? Revolver gibt's nicht. Strick tut weh. Gas stinkt. Wasser ist kalt. Wie also? – Ach, das ist doch ganz einfach, klärt ihn sein Freund auf: Spring einfach in den Abgrund zwischen Regierung und Volk.

Ostermesse im Dom zu Krakau, der berstend voll ist. Der Bischof erteilt den Segen. Alle knien. Bis auf einen. Er wird gezogen und angezischt: Warum kniest du nicht? – Ich bin ein Jud. – Warum kommst du dann in die Kirche? – Ich bin auch dagegen.

Der polnische Parteichef Gierek wird 1977 gefragt, wer den Kommunismus erfunden habe, ein Arbeiter oder ein Wissenschaftler. Gierek meint, ein Wissenschaftler. – Falsch. Denn der hätte alles erst an Tieren ausprobiert.

Warschau 1981. Gott leidet an Depressionen. Er glaubt, er sei Walesa.

Warschau 1981. Die Linie der Partei bewährt sich in den Kurven.

Warschau 1982. Was ist der Unterschied zwischen der Militär- und der französischen Regierung? – In der französischen Regierung sitzen überzeugte Kommunisten.

Auf einer internationalen Konferenz streiten sich ein amerikanischer und ein russischer

Journalist über die Vorzüge des jeweiligen Systems. Der Mann aus Washington rühmt sich der Meinungsfreiheit, er dürfe sagen und schreiben, daß der amerikanische Präsident total unfähig ist. Der Kollege aus Moskau ist wenig beeindruckt: Wieso, das darf ich doch auch.

Völlig aufgelöst eilt der Sekretär zu Breschnew: Es steht schlecht, Genosse Leonid. Auf dem Roten Platz sitzen zwei Soldaten und essen. – Na und? – Am nächsten Morgen kommt der Sekretär wieder, in noch größerer Panik: Jetzt sind es schon zehn, die essen. – Was ist denn dabei? Laß sie doch essen! – Am Abend hält's der Sekretär nicht mehr aus. Völlig aufgelöst stürzt er ins Allerheiligste: Genosse Breschnew, jetzt sind es schon hundert, und es werden immer mehr. – Na ja, was bedeuten hundert Leute? – Sie essen alle mit Stäbchen!

Moskau hat sich nicht abhalten lassen und ist in China einmarschiert. Am ersten Tag marschiert die Rote Armee hundert Kilometer. Eine Million Chinesen ergeben sich. Am folgenden Tag dringen die Sowjets weitere hundert Kilometer vor, zwei Millionen Chinesen ergeben sich. Am dritten Tag werden weitere hundert Kilometer marschiert und vier Millionen Chinesen gefangen genommen. Am Abend ruft Mao im Kreml an und fragt: Genosse Breschnew, gibst du nun auf?

Kuba ist das größte Land der Welt. Die Regierung sitzt in Moskau. Das Militär steht in Angola. Das Volk lebt in Florida.

Ein Russe, ein Amerikaner und ein Pole kommen in den Himmel. Mit einem Zettel in der Hand erscheint Petrus, jeder darf ihm seinen letzten Wunsch nennen. Der Russe haßt den Ami und sagt: Ich wünsche mir, daß eine Bombe ganz Amerika in die Luft jagt. Petrus notiert und fragt den Amerikaner. Der haßt seinerseits den Russen: Ich wünsche mir, daß eine Bombe die ganze Sowjetunion in die Luft jagt. Petrus schreibt auf und wendet sich sodann an den Polen. Der wünscht sich eine Tasse Kaffee. – Was, nur eine Tasse Kaffee? – Ich möchte wirklich nur eine Tasse Kaffee. Allerdings erst, nachdem Sie die beiden anderen Herren bedient haben.

Es gibt drei Richtungen der Kunst:
Expressionismus ist das, was man sieht.
Impressionismus ist das, was man fühlt.
Sozialistischer Realismus ist das, was man hört.

Das Ausbürgern könnte sich einbürgern

DDR-Witze

Walter Ulbricht hat sich in Moskau einen neuen Anzug gekauft. Wieder zu Hause, will er ihn seiner Frau vorführen. Es passen weder Jacke noch Hose. Ulbricht ist bestürzt: Das ist sonderbar. In Moskau hat alles wunderbar gesessen. – Ha, dann mußt du in Moskau wieder einmal sehr klein gewesen sein.

Parteitag in Moskau. Chruschtschow fragt Mao: Wie viele Regimegegner habt ihr in China? – Ich schätze, so an die siebzehn Millionen. – Und ihr, Genosse Ulbricht? – Ach, mehr werden es in der DDR auch nicht sein.

1979 wird ein DDR-Computer befragt: Wie weit ist es noch zum Sozialismus? – 13 Kilometer. Pro Fünf-Jahres-Plan wird nach Lenin ein Schritt getan.

1975 wird ein Barmixer in Warnemünde gefragt: Warum sind die DDR-Männer so müde? – Weil es seit dreißig Jahren ununterbrochen bergauf geht.

Zwei DDR-Bürger treffen sich auf der Straße in Erfurt: Wie geht es dir? – Danke. Besser als morgen.

Ein Leipziger begibt sich zur Staatsicherheit: Mein Papagei ist entflohen. – Der Beamte ist unwirsch: Für solche Mätzchen haben wir keine Zeit. Wir sind hier die politische Polizei. – Eben deshalb komme ich ja zu Ihnen. Ich möchte zu Protokoll geben, daß ich die politischen Ansichten des Papageien nicht teile.

Warum kosten die Prawda zwanzig und das Neue Deutschland dreißig Pfennig? – Wegen der Übersetzungskosten.

Warum gehen DDR-Polizisten grundsätzlich zu dritt? Einer kann lesen, einer kann schreiben. Und einer muß auf zwei Intellektuelle immer aufpassen.

Anläßlich der Bergung der Titanic treffen sich Reagan, Gorbatschow und Honecker. Ein jeder tut kund, was ihn am meisten beeindruckt. Reagan verweist auf den Tresor. Gorbatschow rühmt das technische Know-how. Honecker findet die Instrumente und ist fasziniert von der Kapelle: Sie spielte, als ihr das Wasser bis zum Hals stand. (1986)

Als Honecker eines Morgens aufwacht, lächelt ihm die aufgehende Sonne zu: Guten Morgen, Genosse Honecker. Am Mittag guckt sie wieder durchs Fenster und grüßt: Guten Tag, Genosse Honecker. Auch am Nachmittag läßt sie sich blicken: Genosse Honecker, du kannst mich mal, ich bin längst im Westen.

Wie haben die beiden deutschen Staaten das Erbe von Karl Marx aufgeteilt? – Die DDR hat das Manifest und die BRD das Kapital.

Wolf Biermann, bevor er 1976 in die Bundesrepublik kommt: Wer sich nicht in Gefahr begibt, kommt darin um.

Stefan Heym zum Fall Biermann: Das Ausbürgern könnte sich einbürgern.

Brecht, durch Stefan Heym kolportiert: Einen wirklich sozialistischen und wirklich realistischen Sozialismus wird es erst geben können, wenn in der DDR ein Roman erscheint, der mit dem Satz beginnt: »Minsk ist die langweiligste Stadt der Welt.«

Warum ist die Freundschaft zwischen KPdSU und SED ein tiefes schwarzes Loch? – Weil sie ständig vertieft wird.

In einer Schule in Rostock fragt der Lehrer: Was ist uns die Sowjetunion? – Fränzchen: Die Sowjetunion ist unser Bruder. – Sollte man nicht richtiger sagen, unser Freund? – Nein, die Sowjetunion ist unser Bruder. – Wie kommst du darauf? Warum bestehst du auf Bruder? – Einen Freund kann man sich aussuchen.

Zwei Freunde gehen Unter den Linden spazieren. Der eine fragt: Was hältst du von Honecker? – Bist du irre, so fragt man nicht an einem solchem Ort, gerade vor der sowjetischen Botschaft! Gehen wir anderswohin. – Sie biegen in eine Nebenstraße ein: Also, was denkst du von Honecker? – Um Gottes willen, nicht hier, auch hier gehen ja Leute. – Sie nehmen die Straßenbahn und fahren hinaus aufs Land. Kein Mensch weit und breit: Also, los, was hältst du von Honecker? – Ich mag ihn.

Der Großvater fragt den Enkel: Warum lernst du die Buchstaben? – Warum sollte ich sie nicht lernen? – Wenn du groß bist, mußt du ohnehin zwischen den Zeilen lesen.

Auf der Oderbrücke in Frankfurt kreuzen ein polnischer und ein DDR-Hund die Wege. Der DDR-Hund fragt: Was willst du denn bei uns? – Endlich mal richtig einkaufen! Und du? Was willst du bei uns in Polen? – Endlich mal richtig bellen.

Es wird ein internationaler Wettbewerb mit hohen Preisen ausgeschrieben. Erster Preis: Eine Woche Urlaub in der DDR. Zweiter Preis: Zwei Wochen in der DDR. Dritter Preis: Drei Wochen Urlaub in der DDR.

Auf der Prager Straße in Dresden machen zwei Stecknadeln einen Schaufensterbummel. Die eine jammert: Es gibt wirklich nichts mehr zu kaufen. – Vorsicht. Hinter uns geht eine Sicherheitsnadel.

Weshalb dauern die Wahlen in der DDR zwei Tage? – Damit jeder frei entscheiden kann, ob er am Freitag oder am Sonnabend wählen geht.

In einem waldreichen Landstrich bei Berlin machen sich Wildschweine breit und richten schwere Schäden an. Zwei Jagdkommandos werden zusammengestellt, eines von der NVA, eines von der Staatssicherheit, um der Plage Herr zu werden. Die Soldaten erlegen bis zum Abend zehn Wildschweine. Die Stasileute aber kommen gar nicht wieder. Als sie mehrere Stunden überfällig sind, wird ein Suchtrupp losgeschickt. Die Stasijäger werden gesichtet. Sie stehen um einen verschreckten Hasen herum und reden auf ihn ein: Nun gib doch schon zu, daß du ein Wildschwein bist.

Ein Arbeiter will sein Fahrrad am Staatsratsgebäude abstellen. Kaum hat er es an die Wand gelehnt, brüllt ihn die Wache an: Genosse, das ist verboten! – Aber ich bin doch in zehn Minuten wieder da. – Der Vopo wird wütend: Ich habe doch gesagt, es ist verboten. – Der Lärm steigt nach oben, bis zum Zimmer von Honecker: Was ist da los? – Der Vopo meldet: Der Genosse will hier unbedingt sein Fahrrad abstellen. – So laß ihn doch! – Aber Genosse Staatsratsvorsitzender, in fünf Minuten kommt doch die russische Delegation. – Da wird der Genosse sein Fahrrad eben abschließen müssen.

Cäsar, der Alte Fritz und Napoleon kommen zusammen und beobachten die Feierlichkeiten zum 40. Jahrestag der DDR. Hätte ich schon die Stasi gehabt, sagt Cäsar, wäre Brutus enttarnt worden. Hätte ich die NVA gehabt, sagt der Alte Fritz, wäre ganz Europa erobert worden. Ja, und hätte ich das Neue Deutschland gehabt, sagt Napoleon, wüßte die Welt heute noch nicht, daß ich die Schlacht von Waterloo verloren habe. (Hermann Axen, Juni 1986)

Lieber vom Leben gezeichnet als von Sitte gemalt.

In einem Leipziger Betrieb meldet sich ein Facharbeiter, der die Parteischule besuchen will. Er wird auf einschlägige Grundkenntnisse hin geprüft: Wer hat das Kommunistische Manifest geschrieben? – Ich nicht. Ich ganz bestimmt nicht. Abends steht der Betriebsleiter an der Theke und erzählt die Geschichte dem ABV, dem Abschnittsbevollmächtigten der VoPo. Der legt sich ins Kreuz: Laß mich mal. Das kriege ich raus.

A. Fritz   [illegible] NVA ...
[illegible]
[illegible] → StSD: [illegible]
Nap. ↓
— ND
[illegible]
[illegible]
[illegible]

[illegible] 66
von [illegible]

In der DDR sind so gut wie keine Betten mehr zu haben. Die Produktion ist bereits eingestellt. Wieso? – Unsere Werktätigen sind auf Rosen gebettet, die Funktionäre ruhen sich auf ihren Lorbeeren aus, die Staatssicherheit schläft nie, und der Rest sitzt.

Im April 1978 wird über dem Eingang zur Volkskammer eine neue Inschrift angebracht: Erich währt am längsten.

Der letzte Amateur

Die USA

Senator Mac Carthy fragt eine Beschuldigte, ob sie zugebe, an einer Delegationsreise in die Sowjetunion teilgenommen zu haben. – Warum dies leugnen? Ich habe auch die Jungferninseln besucht und bin trotzdem verheiratet.

In einer Dinner-Speech für amerikanische Nobelpreisträger sagt Präsident Kennedy: Dies ist die ungewöhnlichste Versammlung von Talenten, die je im Weißen Haus stattgefunden hat. Ausgenommen jene Tage, an denen Thomas Jefferson allein diniert hat.

Präsident Kennedy in Paris: Ich bin der Typ, der Jackie Kennedy hierher begleitet.

Was wäre geschehen, wenn statt Kennedy Nikita Chroschtschow ermordet worden wäre? – Seine Witwe hätte Onassis nicht geheiratet.

Henry Kissinger wird in der Handelskammer in Boston mit überschwenglichen Worten eingeführt: Wie begabt er sei und was er alles schon geleistet habe. Henry wehrt ab: Ich habe doch nicht mehr zustande gebracht als man von einem ganz gewöhnlichen Genie erwarten darf.

Im Juni 1979 gibt Helmut Schmidt ein Abschiedsessen für Alexander Haig. In einer unvorbereiteten Tischrede begrüßt der Bundeskanzler die illustren Gäste und sagt: Der Glanz, den Sie verbreiten, wird nur übertroffen, wenn Henry Kissinger allein im Spiegelsaal von Versailles diniert.

Bei Gelegenheit dieses Essens nimmt General Haig auch selbst das Wort. Er berichtet, wie einem schwer verunglückten Freund ein neues Gehirn angeboten wird: Das eines Politikers könne er für 10000 Dollar haben und das eines Professors für 15000. Für das Gehirn eines Generals aber seien 20000 Dollar aufzubringen. – Warum? Weil das so gut wie unbenutzt ist!

Im Jahr vor der Präsidentschaftswahl zeichnet sich die Möglichkeit ab, daß Edward Kennedy gegen Carter antritt. Der Präsident droht, dem Senator in den Hintern zu treten. –

Ich habe ja schon immer gewußt, daß der Präsident hinter mir steht. Aber so nahe?

Präsident Carter teilt dem sowjetischen Staats- und Parteichef mit, daß er zur Eröffnung der Olympischen Spiele in Moskau allein hinter der amerikanischen Flagge marschieren werde. Breschnew ist sprachlos. Carter erklärt: Es ist doch wohl nicht zu bezweifeln, daß ich der letzte Amateur der USA bin!

Ein Amerikaner wird von einem Räuber überfallen. Der setzt ihm den Revolver an die Schläfe: Carter oder Reagan! Der Überfallene: Bitte schießen.

Präsident Regan wird gefragt, wie seine Meinung zu Marihuana sei. Antwort: Die Freiheit dieses Landes werden wir bis zum letzten Blutstropfen verteidigen. (Ende 1980)

Reagan ist ein mittelmäßiger Schauspieler, der die Rolle eines schlechten Präsidenten sehr gut spielt.

Die Amerikaner pflegen dem Schah von Persien Zugang zu den modernsten Waffen zu verschaffen. George Ball findet, das sei, als ob man einem notorischen Alkoholiker den Schlüssel zum größten Schnapsladen der Welt überreicht.

Nahum Goldmann hat Kissingers Außenpolitik mit der Amsterdamer Hochzeit verglichen. Die geht so: Ein Heiratsmakler begibt sich zum reichsten Amsterdamer Juden; er habe eine Partie für seinen Sohn. Das Mädchen sei erst achtzehn und die Tochter des Baron Rothschild, eine Anzahlung gebe es auch. Sodann reist er nach Paris und meldet dem Baron Rothschild, seine Tochter könne den Sohn des reichsten Juden in Amsterdam heiraten, der werde überdies Vizepräsident der Weltbank. Schließlich macht er Visite bei Weltbankchef Robert MacNamara; er habe einen ausgezeichneten Kanditaten für die Vizepräsidentschaft, den Sohn des reichsten Juden von Amsterdam und Schwiegersohn des Baron Rothschild.

Ein Polizist erwischt einen Neger, der just eine den Weißen vorbehaltene Kirche betritt: Halt! Weißt du denn nicht, daß das verboten ist? – Oh, ja. Aber ich soll doch dort sauber machen. – Hm. Dann geh. Aber daß dir ja nicht einfällt, in der Kirche auch noch zu beten!

Im Frühjahr 1980 fliegen Präsident Carter, der französische Staatspräsident Giscard d'Estaing und Bundeskanzler Schmidt nach Teheran, um die Geiseln zu befreien. Sie werden festgesetzt, vor's Revolutionstribunal gebracht und zum Tode durch Erschießen verurteilt. Die Vollstreckung steht unmittelbar bevor. Giscard ruft: Hilfe, Licht, Überraschung! Das Kommando läuft weg. Helmut Schmidt ist dran. Er schreit: Hilfe, Licht, Erdbeben! Das Kommando läuft wieder weg. Schließlich Carter: Feuer! Feuer!

Was darf's sein?

Jüdischer Witz

Carl Friedrich von Weizsäcker hat sich 1976 mit der Friedenssicherung befaßt und das Problem mittels einer ostjüdischen Erzählung veranschaulicht:

Zwei alte Feinde treffen sich anläßlich des Versöhnungsfestes. Der eine nimmt sich ein Herz und tut den geforderten Schritt zur Versöhnung. Er tritt auf den anderen zu: Ich wünsche dir alles, was du dir wünschst. – Fängst du schon wieder an?

Zwei Juden, Geschäftsleute, sitzen in der Eisenbahn: Wohin fährst du? – Nach Krakau. – Wenn du sagst, du fährst nach Krakau, soll ich doch glauben, du fährst nach Lemberg. Aber du fährst doch wirklich nach Krakau. Also, warum lügst du?

Wie kommt man in Israel zu einem beträchtlichen Vermögen? – Indem man ein großes Vermögen mitbringt.

Ben Gurion, 1968: The question is how we live, not how we die.

Ende 1979 galoppiert in Israel die Inflation. Die Rate bewegt sich auf die 100-Prozent-Marke zu. Warum also nimmt man lieber das Taxi als den weit billigeren Bus? – Weil man im Bus beim Einsteigen, im Taxi aber erst beim Aussteigen bezahlt.

Henry Kissinger macht Golda Meir, der israelischen Ministerpräsidentin, klar, daß er erst Amerikaner und dann Jude sei. – Wir sind gewohnt, von hinten nach vorn zu lesen.

Zwei israelische Fallschirmspringer sollen an einer bestimmten Stelle über dem Negev ›aussteigen‹. Dort werde ein Jeep für sie bereitstehen. Sie springen, doch die Schirme entfalten sich nicht. Sie sausen zu Boden: Möchte wetten, das Auto steht auch nicht dort.

Henry Kissinger besucht den König von Saudi-Arabien. Der begrüßt ihn ausdrücklich nicht als Juden, sondern als human being. Kissinger bedankt sich: Eine Reihe von human beings sind meine besten Freunde.

Ein Zionist ist ein Mensch, der mit dem Geld eines Zweiten einen Dritten nach Palästina schickt.

Anfang der fünfziger Jahre wird Chaim Weizmann, Präsident des jungen israelischen Staates, in Washington empfangen. Präsident Truman weist auf die Bürde hin, die ihm auferlegt sei; er müsse ein Volk von 180 Millionen Menschen regieren. Der israelische Gast ist wenig beeindruckt: Das ist doch gar nichts. Ich bin Präsident von einer Million Juden!

Israel: Kommen Sie aus Deutschland oder aus Überzeugung?

Lenin wird bestattet. In der gewaltigen Menschenmenge kommt ein Jude aus Odessa mit einem Juden aus Nowgorod ins Gespräch: Wir haben einen großen Mann verloren. – Einen großen Mann? Ein Genie! – Er hat Rußland errettet! – Mehr noch! Er hat der Menschheit einen neuen Weg gewiesen! – Ja. Darum hat er ein stattliches Begräbnis verdient. – Und was, glaubst du, hat dieses Staatsbegräbnis gekostet? – Ich schätze doch so eine Million Rubel. Vielleicht auch eher zwei. – Was. So viel? Dafür könnte man ja das ganze Zentralkomitee bestatten!

Ein österreichischer Jude, der Hitlers Einmarsch vorausahnt, begibt sich in ein Reisebüro, um die verschiedenen Emigrationsmöglichkeiten zu erörtern. Der Leiter schafft einen Globus herbei und erklärt die Bestimmungen der diversen Länder. Es stellt sich heraus, daß fast alle Auswege versperrt sind. Mal ist es die Arbeitserlaubnis, mal der Nachweis materieller Sicherheit, mal gilt kein österreichischer Paß, mal werden überhaupt keine Flüchtlinge aufgenommen. Was also tut der Jude? – Er verlangt einen anderen Globus! *(Golda Meir)*

Shimon Löwy sitzt, mitten im Zweiten Weltkrieg, in Casablanca und wartet auf das Visum für die Vereinigten Staaten. Die Hoffnung ist schon fast geschwunden, als er doch noch einen Termin auf dem Konsulat erhält: Wie stehen meine Chancen? – Nicht gut. Die Quoten sind ausgeschöpft. Kommen Sie doch in zehn Jahren nochmal wieder! – Ja, schön. Vormittags oder nachmittags?

Ein Franzose und ein Israeli fachsimpeln über die Ingenieurkunst. Wir bauen jetzt einen Tunnel unter dem Montblanc. Gleichzeitig von beiden Seiten. Ein elektronisches Gehirn steuert das Unternehmen. Jede Wette, daß die beiden Röhren auf ein Tausendstel Millimeter auf einander stoßen! – Wir haben zwar kein elektronisches Gehirn. Aber auch wir bauen, gleichzeitig von beiden Seiten, einen Tunnel. Unter dem Toten Meer. – Und was ist, wenn die beiden Enden nicht zusammen passen? – Was soll schon sein! Dann haben wir eben zwei Tunnel!

In der New Yorker Subway sitzt ein Neger und liest eine hebräische Zeitung. Ein anderer Fahrgast guckt ihn an und findet: Neger allein genügt nicht?

Auf ihrer Rundreise durch Israel gelangen ein paar Touristen an den See Genezareth. Sie wollen mit dem Boot übersetzen und sind erschrocken, als der Fährmann fünf Dollar pro Mann und Maus verlangt. Bedenken Sie doch, über diesen See ist der Herr Jesus zu Fuß gewandelt. – Ja. Kein Wunder, bei den Preisen.

Israel hat schwere materielle Sorgen. Die Regierung unter Ben Gurion ist ratlos. Schließlich befindet der Finanzminister: Ich sehe keine andere Möglichkeit, als Amerika den Krieg zu erklären. – Allgemeines Entsetzen: Bist du wahnsinnig? – Nein. Wir werden ja den Krieg verlieren. Dann ergeht es uns wie den Deutschen. Amerika baut uns wieder auf und liefert uns auch noch Waffen. – Alle finden die Idee überzeugend. Bis auf den Verteidigungsminister: Und was machen wir, wenn wir den Krieg gewinnen?

Kohn und Ries werden eingezogen und der Marine zugeteilt. Dort müssen sie vor einer Auswahlkommission erscheinen. Ein Offizier fragt Kohn: Kannst du schwimmen? – Worauf Kohn zu Ries bemerkt: Was hab' ich dir gesagt, nicht mal Schiffe haben sie!

Zwei russische Juden sind zum Tod durch Erschießen verurteilt. Wenige Augenblicke vor der Hinrichtung wird ihnen mitgeteilt, sie würden nicht erschossen, sondern gehängt. Siehst'e, sagt der eine zum andern, nicht mal mehr Munition haben sie.

Drei Trotzkisten sind zum Tode verurteilt. Ein Pole, ein Tscheche, ein Jude. Alle drei dürfen ihren letzten Wunsch äußern. Der Pole: Meine Asche möge auf das Grab von Pilsudski gestreut werden. Der Tscheche: Meine Asche möge man auf dem Grab von Masaryk verteilen. Der Jude: Meine Asche gehört auf das Grab von Stalin. – Wieso? Stalin ist doch gar nicht tot. – Eben. Ich kann warten.

Vater und Sohn Löwy gehen spazieren: Vater, was ist das für ein Haus? – Eine Kirche. – Und was ist eine Kirche? – So was wie 'ne Synagoge. – Und was ist 'ne Synagoge? – Junge, ein Gotteshaus natürlich. Hat euch das der Rabbi nicht gesagt? – Der Rabbi hat uns nur gesagt, daß der himmlische Vater im Himmel wohnt. – Ja. Das stimmt. Er wohnt im Himmel. Aber seine Geschäfte macht er hier auf Erden.

Aaron Kohn fragt Michel Blau: Was ist die Börse? – Du kaufst dir einen Hahn und eine Henne. Die machen beide Eier. Aus den Eiern kommen wieder Hähne und Hennen. Die machen wieder Eier. Nach einem Monat hast du fünfzig Hähne, Hennen und Eier. Nach drei Monaten hast du 350 Hähne, Hennen und Eier. Nach einem Jahr hast du tausend Hähne, Hennen und Eier. – Nebbich, es kommt eine Sintflut. Alle Hähne, Hennen und Eier ertrinken! Was dann? – Ja, siehst du, das ist die Börse. Denn wenn du Enten genommen hättest ...

Isaac Stern erklärt, wie der russisch-amerikanische Kulturaustausch funktioniert: Sie schicken uns ihre Juden aus Odessa, und wir schicken ihnen unsere Juden aus Odessa.

Karl Grün aus Lodz ist von der marxistisch-leninistischen Schulung verwirrt. Er geht zum Rabbi und bittet um Klärung: Zwei Dachdecker fallen durch den Kamin, bis in mein Zimmer. Einer ist sauber. Einer ist schmutzig. Wer von beiden wird sich waschen? Doch wohl der Schmutzige?! – Mein Sohn, da irrst du. Der Schmutzige wird sich den Sauberen angucken und denken, er ist selber sauber. Der Saubere wird seinerseits den Schmutzigen betrachten, denken, er sei selber schmutzig und sich waschen gehen. Oder aber der Schmutzige geht sich waschen, weil er von Natur aus reinlich ist, und der Saubere geht sich nicht waschen, weil er von Natur eben nicht sauber ist. Oder beide gehen sich waschen, weil beide reinlich sind. Oder beide gehen sich nicht waschen. Der Saubere muß sich ja nicht waschen, weil er ja sauber ist. Und der Schmutzige geht sich ja nie waschen. – Oh. Wie soll sich da einer auskennen? – Siehst du. Das ist Dialektik!

Eine Frau leidet an ihrem Mann und beklagt sich beim Rabbi. Der hört sich alles geduldig an und beruhigt die Frau: Du hast vollkommen recht. – Kurze Zeit später kommt der Mann, der an seiner Frau leidet. Wieder hört der Rabbi aufmerksam zu. Am Ende sagt er: Mann, ja, du hast recht. – Die Ehefrau des Rabbi hat beiden Gesprächen gelauscht und ist nun verwundert:

Wie kannst du beiden recht geben? Wenn er im Recht ist, kann sie es nicht auch sein. Und umgekehrt! – Wie recht du hast, meine liebe kluge Frau.

Die Bombe ist gefallen. Doch Glück im Unglück. Sie ist in den Stillen Ozean gefallen. Die Welt ist erleichtert. Doch dann kommt die Hiobsbotschaft. Wissenschaftler in Amerika und in Rußland berechnen, daß in acht Tagen die ganze Erde unter Wasser stehen wird. Der Papst schreibt eine Enzyklika: Gläubige in aller Welt, beichtet und betet! Die Evangelischen Kirchen mahnen: Greift zur Bibel! Der Oberrabiner von Jerusalem aber verkündet: Wir haben acht Tage Zeit zu lernen, wie man unter Wasser lebt!

Wie viele Polen braucht man, um eine Glühbirne auszutauschen? Drei. Einen, der die Birne hält, und zwei, die die Leiter drehen. – Wie viele Engländer braucht man, um eine Glühbirne auszutauschen? Zwei. Einen, der den Elektriker ruft, und einen, der den Drink mixt. – Wie viele Psychiater braucht man, um eine Glühbirne auszutauschen? Einen einzigen. Aber die Birne muß wirklich den Wunsch haben, sich austauschen zu lassen. – Wie viele Studenten braucht man, um eine Glühbirne auszutauschen? Auch nur einen. Er braucht allerdings neun Jahre. – Wie viele jüdische Mütter braucht man, um eine Glühbirne auszutauschen? Keine. Die bleiben im Dunkeln sitzen.

Zwei Juden wollen sich duellieren. Der eine läßt sagen: Der andere soll ruhig schon zu schießen anfangen, ich habe noch zu tun. (*Shimon Peres* 1983 in Albufeira)

Ein afrikanischer Kannibalenstamm hat drei Weiße gefangen, einen Amerikaner, einen Franzosen und einen jüdischen Russen. Bevor sie im Kochtopf landen, soll jedem ein letzter Wunsch erfüllt werden. Der Franzose bittet, ein letztes Mal mit einer Frau schlafen zu dürfen. Der Amerikaner möchte ein großes saftiges Steak verzehren. Und der jüdische Russe? Der verlangt, daß ihn der stärkste Mann der Kannibalen in den Hintern tritt, und stellt sich sofort in Positur. Er wird schrecklich getreten und fliegt dorthin, wo sich das einzige Maschinengewehr des Stammes befindet. Er erschießt sämtliche Kannibalen und befreit die beiden Leidensgenossen. Die fragen ihn, wie er das geplant habe. Und warum er sich habe in den Hintern treten lassen. Der jüdische Russe zuckt die Schultern: Bin ich etwa ein Aggressor?

Der Jude Rabinowitsch reist aus guten Gründen mit einem falschen Paß. Darin heißt er Rubinstein. Bei der erstbesten Grenzkontrolle wird ihm prompt der Paß abgenommen, und der Beamte fragt: Wie heißt du? Der Jude hat in all der Aufregung längst vergessen, auf welchen Namen der Paß lautet und stöhnt: Also, Rabinowitsch heiß' ich bestimmt nicht!

Einem klugen Rabbi wird berichtet, in der Stadt sei ein Jude Hungers gestorben. Er ist bestürzt: Was heißt hier ›Hungers gestorben‹? Er hätte doch zu mir kommen können oder zu wem auch immer, selbst ein Goj hätte ihm ein Stückchen Brot gegeben. – Darauf erzählt man dem Rabbi, daß der Jude früher wohlhabend und angesehen gewesen, dann aber verarmt sei. Da habe er es nicht über sich gebracht zu bitten und zu betteln. Ah, sagt der Rabbi, so ist er nicht vor Hunger gestorben, sondern vor Stolz.

Sind Sie deutschfeindlich?

International

Der Wettlauf zum Mond ist in vollem Gange. In Amerika und in der Sowjetunion läuft die Industrie auf vollen Touren. Die Bürger müssen den Gürtel enger schnallen, alles wird der Mondfahrt geopfert. Endlich ist es soweit. Und wie es der Zufall so will, landen ein Ami und ein Russe gleichzeitig. Beide kommen sie aus dem Staunen nicht raus, als sie am Rande eines Mondkraters einen Zigarillo rauchenden Spanier sitzen sehen. Wie aus einem Munde brüllen sie: Was machst du hier? Der Spanier läßt sich nicht stören und qualmt weiter. Wie bist du überhaupt hier rauf gekommen? Bei euch gibt's doch gar keine Industrie! – Nee, die gibt's nicht, da-für gibt's Pfaffen und Polizisten bei uns. – Na, und? – Einer ist dem andern auf die Schulter gestiegen, ein Pfaffe, ein Polizist, ein Pfaffe, ein Polizist...

Italien: Die Russen haben Menschen. Die Amerikaner haben Industrie. Wir haben Zeit.

1941 bemerkt Churchill zu seinem Privatsekretär: Würde Hitler in die Hölle einmarschieren, würde ich im Unterhaus sogar über den Teufel eine nette Bemerkung machen.

Churchill: Von allen Kreuzen, die ich in diesem Krieg zu tragen habe, ist das Lothringer Kreuz eines der schwersten. (The heaviest cross I have to bear is the cross of Lorraine.)

Attlee trifft Churchill auf einem Bankett. Attlee: Ich weiß gar nicht, was die Konservativen uns immer vorwerfen. Niemals zuvor hat sich das Land einer so günstigen Geburtenrate erfreut wie zur Zeit unserer Regierung. – Churchill: Das ist es ja gerade. Der einzige sichtbare Erfolg Labours ist nicht durch staatliche, sondern durch private Initiative erreicht worden.

In einer Unterhausdebatte im Jahre 1948 machen sich Labour und die Konservativen scharfe Vorwürfe über das, was sie in der Vergangenheit getan oder zu tun unterlassen haben. Churchill greift ein: Ich meinerseits finde, es wäre viel besser, wenn alle Parteien die Vergangenheit der Geschichte überließen. Besonders, da ich vor habe, selbst diese Geschichte zu schreiben.

Churchill über seinen Nachfolger: Vor Westminster hält ein leeres Taxi. Ihm entsteigt Attlee.

John Strachey, der englische Linkssozialist, der auch schon Kommunist gewesen ist, doch aus bestem Hause stammt, wird von einer feinen Dame nach dem Grund seiner politischen Einstellung gefragt. – Aus Enttäuschung, Madame. Aus Enttäuschung, daß ich nicht in die Kricket-Elf von Eton gekommen bin.

Vor dem Krieg. Wie alle anderen Mitglieder des Diplomatischen Corps wird auch der französische Botschafter in Berlin eingeladen, der Eröffnung einer großen Ausstellung beizuwohnen und einen Rundgang zu machen. François-Poncet, ein ausgezeichneter Kunstkenner, schaut die Bilder an. Schließlich bleibt er stehen und betrachtet aufmerksam die Rückenansicht eines deutschen Frauenaktes. Durch sein Monokel mustert der Botschafter die vollschlanke Dame ohne Wohlgefallen: Voilà, Madame Götz von Berlichingen.

De Gaulle braucht Geld, um die neuen französischen Weltmachtbestrebungen zu finanzieren. Es werden Steuererhebungsbogen gedruckt und über die Finanzämter den Steuerpflichtigen zugestellt. Die neuen Bögen enthalten zwei Fragen und eine Aufforderung. Wie viel verdienen Sie? Wie viel geben Sie aus? Was Ihnen bleibt, schicken Sie dem Finanzamt.

Anläßlich des Todes von General Eisenhower, des alliierten Oberbefehlshabers, telegrafiert de Gaulle: Er hat mit mir den Sieg herbeigeführt.

Bei einem Besuch in Bonn verläßt der französische Außenminister Pinay das Palais Schaumburg, als gerade ein Posten der noch jungen Bundeswehr abgelöst wird: Diese Soldaten sehen ihren Vorgängern von 1914 und 1940 verdammt ähnlich, sagt er zu Botschafter François-Poncet, der ihn begleitet. Der abrückenden Wache sieht er interessiert nach: Ach nein, es sind doch nicht die gleichen. Diese hier tragen ja Gummisohlen. – Weshalb wir sie das nächste Mal auch nicht kommen hören werden, erwidert der Botschafter.

Staatspräsident de Gaulle leitet höchstselbst die Vorbereitungen für den 14. Juli. Der Chef des Protokolls im Elysée, dem eine Anordnung mißfällt, sagt: Aber unter Ihren Vorgängern war es immer anders. – Der General ist empört: Ich habe keine Vorgänger.

Joseph Luns, Nato-Generalsekretär, der wegen seiner Länge, aber nicht wegen seiner Intelligenz auffiel, über de Gaulle: Ich bin der einzige, der ihm auf den Kopf spucken kann.

Als Staatspräsident de Gaulle im Mai 68 nahegelegt wird, Jean-Paul Sartre einsperren zu lassen, ruft er aus: Voltaire verhaftet man nicht.

Als sich der General hoheitsvoll nach Colombey-les-deux-Eglises zurückzieht, rätseln die Diplomaten: Ist das ein Colombey der zwei Kirchen? – Ja, in der anderen Kirche wird Gott verehrt.

Der sowjetische Staats- und Parteichef Breschnew landet in Paris. Gastgeber Giscard d'Estaing macht einige Bemerkungen über den neuen Flughafen: Hier arbeiten fünftausend Leute vierzig Stunden die Woche. – Auch bei uns in Moskau sind fünftausend Leute auf dem Flughafen tätig. Sie arbeiten aber, entsprechend der großen Bedeutung, 52 Stunden in der Woche. – Das geht bei uns in Frankreich leider nicht. Wissen Sie, es gibt hier zu viele Kommunisten.

W. B.

Ad. 58 Besuch bei de G.
in Colombey-les-deux-Eglises

– Wie gehen Sie?
– Zu Fuß.
–

Die Holländer über die Belgier: Sie wollen neue Löffel, mit dem Stiel am anderen Ende.

Der italienische Ministerpräsident Giovanni Spadolini wird gefragt, was an den Informationen über einen Staatsstreich dran sei. – Nichts. Ich kann mir auch keinen Reim drauf machen. Wir haben doch gar keinen Staat.

Reporter einer großen deutschen Illustrierten fahren kreuz und quer durch Italien und machen Interviews: Sind Sie deutschfeindlich? – Aber ich bitte Sie. Doch nicht in der Hochsaison.

Im Pazifik geht ein Schiff unter. Es überleben zwei Männer und eine Frau. Sie retten sich auf eine kleine Insel. Was die drei machen, hängt von ihrer Nationalität ab. Sind's Franzosen, richten sie sich in aller Ruhe ein – in einer Ménage à trois. Sind's Italiener, bringt der eine Mann den andern Mann um und hat die Frau für sich allein. Sind's Engländer oder Deutsche, siedeln die Männer auf eine andere Insel über und lassen die Frau allein. Sind's Russen, so holen sie per Flaschenpost Instruktionen aus Moskau.

Ein Engländer – ein Narr. Zwei Engländer – ein Klub. – Drei Engländer – das Commonwealth.

Ein Franzose – ein Held. Zwei Franzosen – die Liebe. Drei Franzosen – eine Ehe.

Ein Deutscher – ein Gelehrter. Zwei Deutsche – ein Verein. Drei Deutsche – ein Krieg.

Ein Italiener – ein Tenor. Zwei Italiener – eine Oper. Drei Italiener – eine Armee auf der Flucht.

Ein Grieche – ein Räuber. Zwei Griechen – zwei Räuber. Drei Griechen – eine Räuberbande.

Ein Österreicher – ein Raunzer. Zwei Österreicher – eine Schlamperei. Drei Österreicher – gibt's nicht, der dritte ist immer ein Böhm'.

Ein Russe – eine Seele. Zwei Russen – ein Problem. Drei Russen – das Chaos.

Ein Japaner – ein Lächeln. Zwei Japaner – ein Schweigen. Drei Japaner – eine Verschwörung.

Zur Hölle, aber bitte erster Klasse

Skandinavisches

Im Oktober 1948 berichte ich dem neuen Ministerpräsidenten Tage Erlander über die dramatische Lage in Berlin. Als ich geendet habe, frage ich nach den Problemen in Stockholm. – Kaffeerationierung und Pfarrersgehälter.

Die Schweden lieben die Dänen.
Die Dänen lieben die Norweger.
Die Norweger lieben sich selbst.
Und niemand liebt die Schweden.

Vier Nordländer werden zum Tode verurteilt und dürfen noch ihren letzten Willen bekunden. Der Finne will in die Sauna, der Däne ein Abendessen mit Bier und Aquavit, der Norweger eine Rede halten und der Schwede hingerichtet werden, bevor der Norweger die Rede gehalten hat.

Die Norweger über die Fußballweltmeisterschaft: Es ist nicht wichtig zu gewinnen. Es ist aber wohl wichtig, teilzunehmen und die Schweden zu schlagen.

Die Dänen fahren zur Hölle, aber erster Klasse. (*Helmut Schmidt* 1980)

Die großen politischen Siege gewinnt man nicht durch Abstimmung, sondern in den Herzen der Gegner. *(Tage Erlander)*

Als Olof Palme 50 wird, sagt ihm der sechzehn Jahre ältere Bruno Kreisky: Nichts erträgt man so leicht wie Lob und Schmeichelei.

I will look into your pocket

Nord-Süd

Während des Abessinienkrieges treffen sich ein Engländer und ein Italiener am Strand von Nizza. Der englische Gentleman drückt sein tiefes Mitgefühl aus. – Aber wieso? Wir gewinnen in Abessinien. – Das mag ja sein. Aber dann werdet ihr dort verhungern. – Was für ein Quatsch. Wir werden Bewässerungsanlagen bauen, Straßen, Kanäle, Eisenbahnen und die Rohstoffe erschließen. – Rohstoffe! Wenn da welche zu holen wären, hätten wir längst vorher die Hand draufgelegt.

Indien wird selbständig. Einer der letzten englischen Heimkehrer ist ein alter Oberst der Kolonialarmee. In seinem Londoner Club erzählt er: Vierzig Jahre habe ich nun dort verbracht. Aber ob ihr mir's nun glaubt oder nicht, als ich ablegte, haben die Eingeborenen immer noch kein Englisch sprechen können!

In einer Missionsschule in Kinshasa wird der Häuptlingssohn gefragt: Was bist du, wenn ein Elternteil stirbt? – Der Junge paßt. – Der Lehrer mahnt: Halbwaise. Und was bist du dann also, wenn beide Elternteile sterben? – Der Junge strahlt: Stammesältester.

There is only one thing worse than being exploited by a capitalist, and that is not to be exploited at all. (1978)

Wenn du einen Löwen siehst, dann rettest du dich nicht, indem du stehenbleibst und betest. Vielmehr mußt du rennen und beten, daß du die Energie hast weiterzulaufen. (Afrik. Sprichwort, erzählt von *John Malacela*, dem tansanischen Landwirtschaftsminister, auf einer Agrarkonferenz in Rom 1979)

Human rights begin with breakfast. (1978)

Anwar-El Sadat, ägyptischer Staatspräsident 1973: Tomorrow, I will look into your pocket.

Shimon Peres berichtet über Sadat und bemüht amerikanische Filme: Bei uns fing's mit dem Happy-End an.

Als Julius Nyerere, Staatspräsident von Tansania, den Einparteienstaat errichtet, fragt ihn ein amerikanischer Journalist, ob das demokratisch sei. Antwort: In den USA gebe es auch nur eine Partei, nur übertrieben die Amerikaner mal wieder und leisteten sich zwei davon.

Henry Kissinger besucht Ostafrika und trifft Nyerere. Der sagt: I have a surprise for you. – Hinter einem Schirm stößt eine alte Frau hexenartige Beschwörungsformeln aus: Man hat mir gesagt, Sie seien ein wichtiger Mann, und wir danken für Ihren Besuch. Man hat mir auch gesagt, Sie seien ein kluger Mann. Bitte, sagen Sie meinem Sohn, welche Fehler er macht.

Im Sommer 1979 schimpft ein Sudanese, weil er kein Benzin bekommt. Ein Polizist erscheint und fragt, auf wen er schimpfe. Auf Ahmed? – Auf welchen Ahmed? – Jetzt zahlen Sie zehn Pfund für ungebührliches Benehmen und zwanzig Pfund dafür, daß Sie unseren Präsidenten nicht kennen.

Im Sommer 1978 herrscht in Sofia schlechte Stimmung, weil der Kaffeepreis raufgesetzt worden ist. Ein zwölfjähriger Schüler korrespondiert mit einem Jungen aus Angola. Der schreibt:

Meine Mutter, meine Schwester und ich sind schwarz, wir trinken viel Kaffee und gehen nackt. Der Bulgare antwortet: Wir sind weiß und trinken keinen Kaffee mehr, um nicht nackt gehen zu müssen.

Idi Amin Dada, Staatspräsident von Uganda, behauptet, im Traum die göttliche Beglaubigung seiner Taten zu erfahren. Ob er oft Träume dieser Art habe? – Nein, nur wenn es notwendig ist.

Nach der Wahl Reagans, Ende 1980, bemerkt der mexikanische Staatspräsident José Lopez Portillo: Die Republikaner drohen mit dem Knüppel, schlagen aber nicht. Die Demokraten schlagen, indem sie uns auf die Schulter klopfen.

Ein amerikanischer Berater weist den bolivianischen Präsidenten Siles Zuazo darauf hin, daß man in den USA bereits am Abend der Wahl die Ergebnisse kenne. Dessen Antwort: Da seid ihr aber rückständig. Wir kennen sie schon am Abend vorher.

Rodriguo Botero trifft Henry Kissinger, um

über die Kandidatur von ›Echev‹ für den UN-Generalsekretärsposten zu reden. Der Abgesandte aus Bogota sagt: We know him, no reason being against. Der Mann aus Washington ergänzt: Wir kennen ihn auch, werden aber noch einen Grund finden, gegen ihn zu sein.

Ein Mann aus El Salvador kaut Kaugummi. Ein Gefährte bittet, ihm etwas abzugeben. – Nö. Schieß dir doch selbst 'n Ami.

Die Republik Mali bittet die Weltbank um Hilfe beim Bau von Gefängnissen. Warum ausgerechnet das? – Wir wollen die kolonialen Einrichtungen ersetzen.

Völlige Ebbe in der Kasse eines afrikanischen Wüstenstaates. Sein Oberhaupt versammelt die Stammesältesten: Warum ist die Kasse so leer? Der für die Finanzen zuständige Minister bemerkt: Wir haben eben keine Kommunisten. Hätten wir welche, dann wäre unsere weise Regierung vom Umsturz bedroht. Diese Gefahr würde wiederum die Amerikaner auf den Plan rufen. Sie würde unserer guten Regierung mit Geld und Waffen unter die Arme greifen. – Ja, wenn das so ist, dann sieh zu, daß ein paar Dutzend dieser wertvollen Spezies hier angesiedelt werden!

Ein Diplomat eines jungen afrikanischen Staates beschwert sich bei Gromyko: Statt Propagandabücher solltet ihr uns lieber etwas zu essen schicken! Gromyko sieht das ein und macht sich eine Notiz. – Hat es genützt? – Ja. Heute ist ein riesiges Schiff entladen worden. – Mit Lebensmitteln? – Nein. Mit Kochbüchern.

Der amerikanische Außenminister erzählt seinen arabischen Gastgebern, was Amerika schon alles für die unterentwickelten Länder getan habe und noch tun werde. – Ein Beduinenscheich erhebt sich: Brüder, laßt euch nichts svormachen. Diese Amerikaner sind in Wirklichkeit ganz arme Leute. Keiner hat mehr als eine Frau.

Im September 1960 steigt die Große Konferenz der Neutralen in Belgrad. Zwei serbische Freunde sitzen im Café. Was für eine große Sache, sagt der eine und schlägt auf die Zeitung. – Was für eine Sache? – Na, die Welt in Belgrad zu Gast! – Ach ja? Wer ist denn da? – Zum Beispiel Frau Bandaranaike. – Frau wer? – Sie ist die Witwe von Herrn Bandaranaike. Der war Präsident von Ceylon und ist umgebracht worden. Jetzt herrscht sie. – Und weiter? Wer noch? – Nehru! – Wer ist Nehru? – Der größte aller großen Neutralen. Ministerpräsident von Indien. – Oh ja, verstehe. Und sonst? – Nkrumah. – Nk.. wer? – Du bist und bleibst ein Ignorant. Der größte Führer von Afrika. Und dann Nasser! – Nasser? – Präsident der Vereinigten Arabischen Republik. Ägypten! – Schrei nicht so, ich versteh' dich schon. – Sogar ein leibhaftiger Kaiser ist gekommen. Haile Selassie! – Und wo soll der Kaiser sein? – Kaiser von Abessinien! Negus-Negesti! – Wenn schon! – Liest du überhaupt keine Zeitung? Und hörst keine Nachrichten? Was bist du doch für ein Rindvieh! – Mag sein. Aber du, kennst du Sima Simic? – Sima Simic? Nein. Nie gehört. – Siehst du. Den solltest du nun wieder kennen. Denn der schläft mit deiner Frau!

Unter großem Geschrei wird in Lambarene ein riesiger Baumstamm geschleppt. Albert Schweitzer, der im Schweiße seines Angesichts mithilft, sieht, wie es sich ein Neger im Schatten gemütlich macht und dem Treiben zuguckt: He, du, willst du nicht tragen helfen? – Aber, Herr Doktor, das steht mir doch gar nicht zu. Ich bin doch ein Intellektueller. – Junge, hast du ein Glück!

1978 wird dem Schweizer Bundesrat Bonvin mitgeteilt, daß die von den UN eingesetzte Nord-Süd-Kommission ihren Sitz in Genf nimmt. Er nickt verständnisvoll: Ja, ja, die Italiener...

Hotel Astoria
Wien

I.C.I.D.I. - Closing Session

Monday, July 9, 1979

L u n c h

Consommé "Vienna style"

***

Fillets of veal with champignons

Risi-pisi
Garden-lettuce salad

***

Mixed stewed fresh fruit

Wines

Riesling Cabinet
Ried Klaus, Wachau

Rosé Cabinet
Schloß Kirchberg, Wachau

Fünf Flaschen in der Regierung

Alles relativ

Alle Tiere sind gleich. Aber einige Tiere sind gleicher. (*Orwell* 1945)

Ein Christ weiß, was er glaubt. Ein Marxist glaubt, was er weiß.

Was ist ein Futurologe? – Das ist einer, der sich kratzt, bevor es ihn juckt. (1979)

Was ist Dialektik? – Wenn einer in einem dunklen Zimmer eine schwarze Katze sucht, obwohl er weiß, daß keine drin ist, und ruft: Ich habe sie!

Alles ist relativ, sagt François Mitterrand an jenem Tag im Mai, an dem er das Amt des Staatspräsidenten übernimmt. Der Nuklearcode ist nicht so schwierig wie die Tischordnung im Elysée.

Alles ist relativ

Was ein Futurologe sei, wurden wir Anfang 1979 ~~[illegible]~~ nach einer Kundgebung in der Berliner Deutschlandhalle gefragt.

– Das ist einer, der sich kratzt, bevor es ihn juckt.

*

Was ist Dialektik?

– Wenn einer in einem dunklen Zimmer eine schwarze Katze sucht, obwohl er weiß, daß keine drin ist, und ruft: Ich hab' sie!

*

Alles ist relativ, sagte François Mitterrand bei Tisch an jenem Tag im Mai, an dem er das Amt des Staatspräsidenten übernommen hatte: Der Nuklearcode ist nicht so schwierig wie die Tischordnung im Elysée.

*

Bei einem Treffen will der sowjetische Ministerpräsident Kossygin von seinem österreichischen Kollegen Bruno Kreisky wissen, was es mit Einsteins Relativitätstheorie auf sich habe. – Nun ja, Sie müssen sich vorstellen, daß drei Haare auf dem Kopf wenig, drei Haare in der Suppe aber viel sind. – Und für diesen blöden Witz hat der den Nobelpreis bekommen?

Einsteins Frau wird eingeladen, die Sternwarte des Mount Wilson Observatoriums in Kalifornien zu besuchen. Ein Mitarbeiter erklärt ihr das größte Fernrohr der Welt, fünf Meter Durchmesser, und läßt sie hindurchschauen. Sie fragt, wozu man ein solches Fernrohr brauche. – Das brauchen wir, um die Größe des Weltraums auszumessen. – Ach, wie komisch, das macht mein Mann auf der Rückseite gebrauchter Briefumschläge.

Gemeinsam mit Chaim Weizmann fährt Einstein nach Amerika, um für die zionistische Sache, die jüdische Siedlung in Palästina, zu werben. Wie er die lange Schiffahrt verbracht habe, wird Weizmann später gefragt. – Einstein hat mir die ganze Zeit seine Relativitätstheorie erklärt. – Und was ist Ihre Meinung dazu? – Nun, ich glaube, er versteht was davon.

Einstein hat seine Relativitätstheorie entwickelt. Er macht sich keine Illusionen: Was daraus folgen wird, weiß ich nicht. Aber eines weiß ich. Geht alles gut, sagen die Deutschen, ich bin einer der ihren, während die Franzosen behaupten, ich gehöre der ganzen Welt. Geht es aber schief, dann sagen die Franzosen, ich bin ein Deutscher. Die aber beharren darauf, daß ich ein Jud' bin.

Niels Bohr klärt Werner Heisenberg über die inneren Widersprüche der Wissenschaft auf: Nahe meinem Ferienhaus in Tisvilde wohnt ein Bauer, der über seiner Eingangstür ein Hufeisen angebracht hat. Nach altem Volksglauben soll es Glück bringen. – Ob er denn abergläubisch sei? – Natürlich nicht. Aber es hilft doch auch dann, wenn man nicht dran glaubt!

Die Professoren Klostermann und Leisewitz, zwei Mathematiker, diskutieren: Könntest du ausrechnen, wie viele Mäuseschwänze nötig wären, um den Mond mit der Erde zu verbinden? Leisewitz rechnet und rechnet. Nach einer Stunde hat er's: 545,6 Milliarden Mäuseschwänze. – Falsch. Ein Mäuseschwanz genügt. Er müßte nur lang genug sein.

Was ist relativ? Fünf Flaschen im Weinkeller sind wenig. Fünf Flaschen in der Bundesregierung sind viel.

Was ist der Grund, daß die Wahrheit so oft vergewaltigt wird? Sie ist nackt!

Der Papagei des Papstes

Gott und die Welt

Der Papst erscheint bei seinem Vorgesetzten. Er fragt, ob das Zölibat aufgehoben werde. – Nein, nicht so lange Sie leben. – Der Papst ist zufrieden. Er fragt zweitens, ob es einen weiblichen Priester geben werde. – Nein, nicht so lange Sie leben. – Der Papst ist wiederum zufrieden. Er fragt drittens, ob es wieder einen polnischen Papst geben werde. – Nein, nicht so lange ich lebe. (November 1980)

Als der Pfarrer merkt, daß ein beträchtlicher Teil der Gemeinde eingenickt ist und zu schnarchen beginnt, ruft er in voller Lautstärke: Feuer. – Wo? fragt einer, der aus dem Schlaf gerissen ist. – In der Hölle!

Während der Konferenz von Jalta kommt einer der westlichen Verhandlungspartner auf den Papst zu sprechen. – Stalin fragt: Wer ist schon der Papst? Wie viele Divisionen hat er überhaupt? – Als der Papst 1953 die Nachricht

HOTEL
SCHWEIZERHOF
BERLIN

NOV. 1980

Papst beim Vorgesetzten

— wird es Aufhebung Zölibat geben
  — nicht, solange Sie leben
  (entsprechend)
— wird es einen weibl. Priester geben
  — nicht, solange Sie leben
  (entsprechend)
— wird es wieder einen poln. Papst geben
  — nicht, solange ich lebe

vom Tode Stalins erhält, bemerkt er: Jetzt wird er sehen, wie viele Divisionen wir haben.

Kann eine Frau ihren Mann zum Millionär machen? – Ja, wenn er vorher Milliardär war. (Sofia Juni 1978)

Weil Gott neugierig war, was er noch alles über sich erfahren würde, hat er Karl Barth so lange leben lassen. Schließlich starb der gelehrte Theologe aber doch und klopfte an die berühmte Pforte. Petrus heißt den berühmten Neuankömmling freudig willkommen und führt der Ordnung halber die übliche Prüfung durch. Die muß jeder bestehen, der ins Himmelsreich will. Karl Barth greift alle Glaubensfragen sofort auf, stellt Gegenfragen und verwickelt Petrus in einen Disput. Petrus ist entnervt und ruft den Erzengel Michael zu Hilfe; er möge den Neuankömmling doch gleich zum Heiligen Geist führen. Petrus wundert sich, warum der Erzengel gar nicht wiederkommt. Dafür hört er hinter der Wolke einen immer heftiger werdenden Streit. Plötzlich stürzt der Erzengel hervor. Petrus erschrickt: Was ist? Barth ist doch nicht etwa durchgefallen? – Nein, Barth nicht, aber der Heilige Geist.

Frage an Radio Eriwan: Trifft es zu, daß beim Besuch von Ministerpräsident Kossygin in

Rom ein Konkordat besprochen worden ist? – Im Prinzip ja. Es wird aber noch über den ersten Satz verhandelt. Der Papst besteht auf der Formulierung ›Gott hat den Menschen erschaffen‹. Der sowjetische Regierungschef wünscht die Ergänzung ›... unter Anleitung der Partei‹.

Weltraumfahrer Gagarin ist glücklich zur Erde zurückgekehrt. Er wird im Kreml empfangen. Chruschtschow nimmt ihn beiseite und fragt ängstlich: Hast du Gott gesehen? – Ja. Ich habe ihn gesehen. – Ach, ich habe es mir doch gedacht. Aber, bitte, ich beschwöre dich, Jurij, zu niemandem ein Wort davon. – Genosse Gagarin gelobt und zieht triumphierend um die Welt. In Rom wird er auch vom Papst empfangen. Der nähert sich ihm auch sehr bedenkenvoll: Sag, hast du, da hoch oben im Himmel, Gott gesehen? – Nein, ich habe ihn nicht gesehen. – Ach, ich habe es mir doch gedacht. Aber, bitte, ich beschwöre dich, zu niemandem ein Wort davon.

Kohn und Blau machen Urlaub in Rom just zur Zeit des Konzils. Überall fahren die prachtvollsten Wagen herum. Die Menschen sind wunderbar gewandet. Sie staunen: Da sieht man mal, wie bei denen die Geschäfte laufen. Angefangen haben sie mit einem Esel!

Ein Preuße kommt am Münchner Hauptbahnhof an und fragt zwei Männer, die er für Einheimische hält, wie er zum Stachus komme. Keine Antwort. Er versucht's auf Englisch, wird aber nur stumm angeschaut. Dann probiert er's auf Französisch, auch auf Italienisch. Kein Erfolg. Achselzuckend marschiert der Mann los. Da meinen die beiden Einheimischen: Hund san's scho, de Preiß'n. Drei Fremdsprachen kennen's. Darauf der andere: Des scho, aber was nützt's?

Kardinal Frings, der Freund Adenauers, schenkt seinen Papagei dem Papst. Auch den redet der Papagei mit Eminenz an. Der Papst müht sich vergebens, ihn umzuerziehen. So greift er zu einem letzten Mittel. Er läßt das gesamte Konzil an dem Papageien vorbeiziehen. Worauf der ruft: Kölle Alaaf.

Ein Rabbiner und ein Bischof sind beim Bundeskanzler zum Essen geladen. Der Bischof will vom Rabbi wissen: Wann endlich werden Sie tolerant und essen von einem so köstlichen Schweinebraten? – An Ihrem Hochzeitstag, Eminenz.

Ein Bischof und ein Rabbi sitzen im Zug und reden über Gott und die Welt: Sag, könntest

Ein Preuße kommt am Münchner Hauptbahnhof an und fragt zwei Männer, die er für Einheimische hält, nach dem Stachus, dem Hauptplatz der Bayern-Metropole. Keine Antwort. Er versucht es auf englisch, aber die beiden schauen ihn nur stumm an. Dann probiert er es auf französisch, italienisch. Kein Erfolg. Da geht der Mann achselzuckend weiter. Nun meint der eine Bayer zum anderen, denn sie sind tatsächlich Einheimische: „Hund san s' scho, de Preiss'n. Drei Fremdsprachen kenna s'!" Darauf sagt der andere: „Des scho, aber was hat's ihm gnützt."

du in Deiner Kirche noch etwas Höheres werden als Bischof? – Ja. Erzbischof. Vielleicht auch Kardinal. Und theoretisch sogar Papst. – Und weiter? Gott? – Nein. Natürlich nicht. – Sieh, das ist der Unterschied. Von uns ist es einer geworden!

Der Heilige Vater ist auf dem Rückflug nach Rom. Der Steward fragt, ob er Wein oder Wasser trinken möchte. – Der Heilige Vater erkundigt sich erst einmal: Wie hoch fliegen wir denn? – Zehntausend Meter hoch. – Dann trinke ich lieber Wasser. Ich bin zu nahe beim Chef.

Eines Tages fragte eine Marquise im Faubourg Saint-Germain: Welchen Wein ziehen Sie vor, den Burgunder oder den Bordeaux? – Madame, antwortete der hohe Richter, das ist ein Prozeß, in dessen Akten ich mich mit so viel Eifer vertiefe, daß ich den Urteilsspruch immer wieder auf acht Tage verschieben muß.

Trumans Tochter singt auf einem großen Empfang im Weißen Haus. Der Beifall, den sie erhält, ist gewaltig. Als die Gäste gegangen sind, fragt die junge Sängerin ihren Vater, ob sie wirklich eine so gute Stimme habe. – Mein liebes Kind, so lange ich Präsident bin, ja. – Und dann? –

Dann, mein liebes Kind, wirst du lernen, wie die Menschen sind.

Der legendäre Bremer Bürgermeister Wilhelm Kaisen pflegte bei sich zu Hause in Borgfeld, vor den Toren der Stadt, bereits um elf Uhr zu Mittag zu essen. Hatte er offiziellen Besuch und es sollte zu der gemeinhin üblichen Zeit gegessen werden, konnte er es vor Hunger kaum aushalten. So war es auch, als am 15. Mai 1960 der Bürgermeister von Rotterdam nach Bremen kam. Zu allem Überfluß sollte der Gastgeber noch vor der Suppe die Rede halten. Kaisen weiß sich zu helfen. Er kramt das Manuskript aus der Tasche, reicht es seinem Gast mit einem aufmunternden Blick und schmunzelt: Lesen Sie doch meine Rede in aller Ruh, wenn Sie wieder in Rotterdam sind. Die Bremer wissen eh', was ich sage. Lassen Sie uns jetzt man essen.

Moische Grün flaniert durch das Städtchen und sieht die schöne Rebekka Goldstein lesend auf dem Balkon sitzen: Rebekka, sag, ist Itzhak zu Hause? – Nein, der ist doch auf Geschäftsreise. – Dann komm' ich rauf, ja? – Na, sage mal, bin ich vielleicht eine Hure? – Aber Rebekka, Süße. Von Geld hab' ich doch nichts gesagt.

Der Holzhändler Bauermann hat einen Nervenzusammenbruch erlitten und begibt sich in Behandlung. Der Psychiater fordert ihn auf, sich auf der Couch auszustrecken und alles zu erzählen, was ihn bedrückt. Herr Bauermann legt sich hin, sagt aber kein einziges Wort. Der Psychiater macht ihn darauf aufmerksam, daß jede Minute fünf Mark kostet. Herr Bauermann schweigt weiter und bezahlt anstandslos 300 Mark für die Stunde. Die zweite Sitzung verläuft ebenso. Als Bauermann das dritte Mal kommt, legt er sich zwar noch hin, nimmt dann aber erkennbar seinen Mut zusammen und spricht: Herr Doktor, könnte ich mich finanziell an Ihrem Gewerbe beteiligen?

Ein Psychiater erklärt einem Kollegen seine neueste Errungenschaft: Meine Patienten werden beim Eintritt in die Praxis nun nicht mehr von meiner Assistentin empfangen. Vielmehr habe ich zwei Türen bauen lassen. Eine für Damen, eine für Herren. Sobald die Patienten durch eine der beiden Türen gegangen sind, befinden sie sich in einem Raum mit wiederum zwei Türen. Eine für geistige, eine für praktische Berufe. Dann folgt noch ein Raum mit noch einmal zwei Türen. Eine für Einkommen über zehntausend, eine für Einkommen unter zehntausend Mark. Wer durch diese Tür geht, befindet sich wieder auf der Straße.

W. B.

Orwell 44

Lustig ist etwas, wenn es – ohne gleich widerwärtig oder entsetzlich zu sein – die bestehende Ordnung umwirft. Wenn man Humor kurz illustrieren müsste, dann vielleicht als Würde, die sich auf einen Reissnagel setzt. Wer immer die Würde unterminiert & die Mächtigen von ihren Stühlen holt, vorzugsweise mit einem Plumps, ist lustig. Und je grösser der Fall, desto grösser der Spass.

Das Pech der Leute, die sich nicht für Politik interessieren, ist, daß sie von Leuten regiert werden, die sich für Politik interessieren. *(Toynbee)*

Glossar

Adenauer, Konrad (1876–1967), Rheinländer, Christ und Kanzler mit Hang zur Autokratie

Albrecht, Ernst (Jg. 1930), Kekskenner und niedersächsischer Ministerpräsident

Amin, Idi Dada (Jg. 1928), Staatspräsident und Schlächter in Uganda.

Attlee, Clement (1883–1967), Labourmann mit dem Pech, gegen Churchill gewonnen zu haben

Axen, Hermann (1916–1992), Honeckers Schildknappe mit Sonderauftrag West

Ball, George (1909–1994), Fachmann für US-Außenpolitik

Bandaranaike, Sirimavo (1916–2000), Regierungschefin in Ceylon

Barth, Karl (1886–1968), evangel. Theologe mit Widerhall

Barzel, Rainer (Jg. 1924), CDU-Chef und gescheiterter Kanzlerkandidat

Ben Gurion, David (1886–1973), Israeli, Staatsgründer und Staatsmann

Biedenkopf, Kurt (Jg. 1930), CDU-Mann und König von Sachsen

Biermann, Wolf (Jg. 1936), Liedermacher zwischen den Welten

Bilak, Vasil (Jg. 1917), Stalinist aus der Slowakei

Blüm, Norbert (Jg. 1935), Herz-Jesu-Sozialist

Blum, Léon (1872–1950), französischer Kultursozialist
Bohr, Niels (1885–1962), dänischer Kernphysiker mit Nobelpreis
Bonvin, Roger (1907–1982), Schweizer Altbundesrat
Brecht, Bertolt (1898–1956), Kommunist und großer deutscher Dichter
Breschnew, Leonid (1906–1983), sowjetischer Staats- und Parteichef zu Zeiten der Ostpolitik
Brüning, Heinrich (1885–1970), Zentrumsmann und Reichskanzler in schwerer Zeit
Carter, Jimmy (Jg. 1924), Erdnußfarmer und US-Präsident
Cäsar, Gaius Julius (100–44 v. Chr.), römischer Feldherr, Staatsmann und Geschichtsschreiber
Chruschtschow, Nikita (1894–1971), Sowjetführer, klopfte mit seinem Schuh auf den Konferenztisch
Churchill, Winston (1874–1965), Premier mit Zigarre und prägender Widerstandskraft
Clemenceau, Georges (1841–1929), französischer Nationalist und Staatsmann
Echeveria, Louis Alvarez (Jg. 1922), Präsident von Mexiko
Einstein, Albert (1879–1955), Genie
Eisenhower, Dwight D. (1890–1969), General und US-Präsident
Erhard, Ludwig (1897–1977), Vater des Wirtschaftswunders
Erlander, Tage (1901–1985), Schwede und Vorkämpfer des Sozialstaats
Falin, Valentin (Jg. 1926), Berater von Stalin bis Gorbatschow, berühmt für sein melancholisches Mienenspiel
Franco, Francisco (1892–1975), faschistischer Diktator, der Spanien aus dem Zweiten Weltkrieg heraushielt
François-Poncet, André (1887–1978), französischer Diplomat und Deutschlandkenner

73 Jars.

Mann's handwriting?

when did he ~~[illegible]~~ write
he rejected the check

Friedrich II. (1712–1786), auch der Große oder der Alte Fritz genannt

Frings, Joseph (1887–1978), volksnaher Kardinal von Köln und Freund Adenauers

Fürstenberg, Carl (1850–1933), mächtiger Privatbankier mit Witz

Gagarin, Jurij (1934–1968), erster Weltraumfahrer

de Gaulle, Charles (1890–1979), General, Staatsmann und Franzose

Geißler, Heiner (Jg. 1930), CDU-Generalsekretär und Kohl-Gegner

Gierek, Edward (1913–2001), polnischer Staats- und Parteichef, Freund des Bundeskanzlers Schmidt

Giscard d'Estaing, Valéry (Jg. 1926), französischer Adliger und Präsident

Goebbels, Joseph (1897–1945), Reichspropagandachef und Hetzer mit Hinkebein

Göring, Hermann (1893–1946), Stellvertreter des Führers mit Hang zur Prunksucht

Goldmann, Nahum (1895–1982), jüdischer Multifunktionär und Experte für Wiedergutmachung

Gorbatschow, Michail (Jg. 1931), Weltveränderer

Gromyko, Andrej (1909–1989), Kremldiener mit Ausdauer

Haig, Alexander (Jg. 1924), US-General mit politischem Ehrgeiz

Haile Selassie (1892–1975), Löwe, Negus und Kaiser von Äthiopien

Heinemann, Gustav (1899–1976), Protestant und Bundespräsident

Heisenberg, Werner (1901–1976) Kernphysiker mit Nobelpreis

Heuss, Theodor (1884–1963), liberaler Schwabe und Bundespräsident

Heym, Stefan (1913–2001), Edelkommunist und Romancier
Hindenburg, Paul von (1847–1934), Generalfeldmarschall, Reichspräsident und Hitler-Ernenner
Himmler, Heinrich (1900–1945), Rassist
Hitler, Adolf (1889–1945), Führer und Verbrecher
Honecker, Erich (1912–1994), Staats- und Parteichef, den das Leben auch fürs Zuspätkommen bestrafte
Hoover, J. Edgar (1895–1972), Verbrechensbekämpfer und FBI-Chef
Husak, Gustav (1913–1991), Prager Staatschef von sowjetischen Gnaden
Jefferson, Thomas (1743–1826), Rechtsanwalt, Pflanzer, Autor der Unabhängigkeitserklärung und dritter Präsident der USA
Johnson, Lyndon B. (1908–1973), Texaner und US-Präsident
Kadar, Janos (1912–1989), ungarischer Staats- und Parteichef, Gulaschkommunist
Kaisen, Wilhelm (1887–1979), bremischer Übervater
Kaunda, Kenneth (Jg. 1924), Unabhängigkeitskämpfer, Humanist und Präsident von Sambia
Kennedy, John F. (1917–1963), amerikanischer Präsident mit Charisma
Kissinger, Henry (Jg. 1923), Denker und Macher, Friedensnobelpreisträger
Kossygin, Alexej (1904–1980), Unterzeichner des deutsch-sowjetischen Vertrages von 1970
Kreisky, Bruno (1911–1990), Sozialist und Jude, Bundeskanzler in Wien
Lopez Portillo, José (Jg. 1920), Präsident von Mexiko
Lübke, Heinrich (1894–1972), Bundespräsident mit Hang zur Vergeßlichkeit
Luns, Joseph (Jg. 1911), holländische Vielzweckwaffe

Macmillan, Harold (1894–1986), konservativer Gentleman und britischer Premier
McCarthy, Joseph (1909–1957), US-Senator und Kommunistenjäger
McNamara, Robert (Jg. 1916), Amerikaner in vielen Ämtern
Mao Tse-tung (1893–1976), Chinese und Revolutionär, Kultfigur
Marx, Karl (1818–1883), Redakteur und Schriftsteller mit Folgen
Masaryk, Thomas G. (1850–1937), Tscheche, Humanist und Staatsmann
May, Karl (1872–1912), Schriftsteller mit Phantasie
Meir, Golda (1898–1978), israelische Regierungschefin und einziger Mann im Kabinett
Meißner, Otto (1880–1953), Hindenburgs Staatssekretär
Mitterrand, François (1916–1996), Staatspräsident und Gott in Frankreich
Mussolini, Benito (1883–1945), Duce des faschistischen Italiens
Napoleon I. (1769–1821), Konsul und Kaiser der Franzosen
Nasser, Gamal Abd el- (1918–1970), Pharaone und Herrscher am Nil
Nehru, Dschawaharlal (1889–1964), vornehmer Jünger Gandhis und erster indischer Regierungschef
Nkrumah, Kwame (1909–1972), Kämpfer und Diktator an der Goldküste
Nyerere, Julius (1922–1999), Kämpfer gegen Kolonialherren und Sozialist, Präsident von Tansania
Ollenhauer, Erich (1901–1963), Biedermann und Patriot, SPD-Vorsitzender
Onassis, Aristoteles (1906–1975), reicher Reeder mit schönen Frauen

An den
Vorsitzenden der Sozialdemokratischen
Partei Deutschlands
Herrn Willy Brandt - persönlich

Erich-Ollenhauer-Haus

5300 B o n n

Orwell, George (1903–1950), Schriftsteller mit Big-Brother-Visionen

Palme, Olof (1927–1986), schwedischer Regierungschef, dessen gewaltsames Ende im Dunkeln blieb

Peres, Shimon (Jg. 1923), israelischer Politiker in vielen Sätteln

Pilsudski, Józef (1867–1935), Pole, Marschall und Staatschef

Pinay, Antoine (1891–1994), französischer Politiker mit reicher Erfahrung

Prinz Louis Ferdinand (1907–1994), Abkömmling des Kaisers mit demokratischen Manieren

Raab, Julius (1891–1964), trinkfester Bundeskanzler von Österreich

Radek, Karl (1885–1939), Pamphletist in Leipzig, Bremen und Moskau

Reagan, Ronald (Jg. 1911), schauspielernder US-Präsident

Reuter, Ernst (1889–1953), Bürgermeister von Berlin und Blockadebrecher

Rinser, Luise (1911–2002), Schriftstellerin mit schwarz-grünem Einschlag

Roosevelt, Franklin D. (1882–1945), US-Präsident, der erst die Armut und dann die Achse bekämpfte

Sadat, Anwar-El (1918–1981), Herrscher am Nil und Nahost-Friedenssucher

Sartre, Jean-Paul (1905–1980), Existentialist

Schacht, Hjalmar (1877–1970), Bankier mit Nähe zu den Nazis

Schmid, Carlo (1896–1979), frankophiler Sozialdemokrat

Schmidt, Helmut (Jg. 1918), Offizier, Sozialdemokrat und Bundeskanzler

Schumacher, Kurt (1895–1952), strenger SPD-Chef

Schweitzer, Albert (1875–1965), Musiker und Missionsarzt, Friedensnobelpreisträger

Sitte, Willi (Jg. 1921), Staatsmaler
Spadolini, Giovanni (1925–1994), italienischer Politiker in vielen Rollen
Stalin, Josef (1879–1953), Lenins Erbe, Sieger im Krieg und Verbrecher
Stern, Isaac (Jg. 1918), Geigenspieler
Strauß, Franz-Josef (1915–1988), bayerisches Ereignis
Toynbee, Arnold J. (1889–1975), Kultur- und Geschichtsdeuter
Truman, Harry S. (1884–1972), US-Präsident mit Gestaltungskraft
Ulbricht, Walter (1893–1973), Statthalter Moskaus in Deutschland
Walesa, Lech (Jg. 1943), Gewerkschafter und Antikommunist, Pole und Staatspräsident
Weizmann, Chaim (1874–1952), Zionist und erster Staatspräsident Israels
Weizsäcker, Carl Friedrich von (Jg. 1912), philosophierender Physiker
Wörner, Manfred (1934–1994), Truppenchef unter Kohl
Zuazo Siles, Hernán (1914–1996), Präsident von Bolivien

Christian Ude

Chefsache

Satiren. 165 Seiten. SP 3253

Satirische Bekenntnisse eines Stadtoberhauptes. Das einzige, was ein Münchner Oberbürgermeister wirklich können muß, ist das Anzapfen auf dem Oktoberfest. Der Kabarettist, der nebenbei eine Großstadt regiert, beherrscht aber nicht nur das Anzapfen und das Regieren – sondern auch die hohe Kunst der Satire. Ob Bürgerversammlung, Expertengespräch oder hoher Besuch: Christian Ude versteht es meisterlich, aus seiner Amtstätigkeit satirische Funken zu schlagen.

»Tröstlich zu wissen, daß da ein Politiker noch einen Blick. hat für die Absurditäten und das Skurrile seines Geschäfts.«
Süddeutsche Zeitung

Meine verfrühten Memoiren

192 Seiten. SP 3646

München bleibt auch nichts erspart! Als ich am 2. Mai 1990 zum Bürgermeister einer gleichwohl sehr renommierten süddeutschen Großstadt gewählt wurde, begann ich sofort mit der Niederschrift meiner Memoiren. Der eine oder andere Leser – und vor allem der typische Nichtleser! – wird sich vielleicht fragen: Muß das sein? Und dann noch so früh? Ich nehme diese Frage nicht übel. Mehr noch: ich habe sie mir selbst vorgelegt. Nach längerem Grübeln kam mir die erlösende Erkenntnis: Diese Frage ist falsch gestellt worden!

»Mit dem koketten Charme der Selbstironie und einer gehörigen Portion Schadenfreude deckt er die kleinen und großen Schwächen im politischen Tagesgeschäft und die Machtspielchen der Krämerseelen auf.«
Abendzeitung